계속하는 마음

일러두기

• 본문 하단의 각주는 저자가 달았다.
• 단행본, 전시는 《》로 그림, 음악, 영화, 프로그램 등의 제목은 〈〉로 표시했다.

계속하는 마음

초판 인쇄일 2025년 1월 6일
초판 발행일 2025년 1월 13일

지은이 박주희

발행인 이상만
발행처 마로니에북스
등록 2003년 4월 14일 제 2003-71호
주소 (03086) 서울특별시 종로구 동숭길113
대표 02-741-9191
편집부 02-744-9191
팩스 02-3673-0260
홈페이지 www.maroniebooks.com

ISBN 978-89-6053-667-8(03810)

계속하는 마음

박주희 지음

마로니에북스

심호흡

"후우…"

저는 제목 그대로 깊게 심호흡을 내쉬고 있습니다. 이 글을 쓰는 지금이 내뱉는 숨이 눈에 보이는 겨울이라면 더 좋았겠다는 생각이 듭니다. 희뿌연 입김에 걱정과 부담이 한 움큼 빠져나가는 게 보였을테니까요.

출판사로부터 출간 제안을 받았을 때에는 걱정부터 앞섰습니다. 유려한 글솜씨가 있는 것도 아니고, 감동을 자아내는 서사가 있는 것도 아닌 평범한 저로서는 책으로 제 이야기를 한다는 게 두려웠거든요. 형체 없던 걱정은 또렷한 부담으로 절 휘어잡았습니다. 노트북을 켜고 책상에 앉아 글을 쓰려 할 때마다 몸과 마음에 바짝 힘이 들어가 문장 하나 쓰는 게 얼마나 어렵던지요. 겨우겨우 써낸 몇 조각의 글은 회생 불가능하게 굳어버린 찰흙 조각처럼 딱딱하게 메말라 있었습니다.

평소에 스스로 솔직한 사람이라고 자부했거늘 아마 날것의 저를 드러낼 만큼은 아니었나 봅니다. 부족한 글솜씨와 결점투성이의 내면과 휘달리는 일상을 막상 세상에 보이려니 부담이 되는 건 어쩔 수 없었습니다. 그래서 제게 글쓰기는 몸과 마음에 과도하게 들어간 힘을 빼는 과정이자 도전이었습니다. 마음에 숨을 불어넣고 몸을 부드럽게 하는 것. 책을 쓰는 동안 제 자신에게 부여한 숙제였습니다.

어쩌면 책은 핑계일 뿐 하루하루가 긴장과 불안의 연속인 제게 심신을 이완하는 시간이 절실했던 것 같습니다. 힘을 빼는 데 필요한 건 매일같이 스스로를 평가하던 머릿속의 법정(法庭)을 박차고 나오는 일이었습니다. 평소에 타인의 평가보다 절 더 옥죄는 건 매서운 자기 검열이었고, 졸필에 대한 걱정도 그 기저에는 스스로에 대한 불신과 불만족이 자리 잡고 있었으니깐요. 그래서 부족하고 흔들리는 나조차도 끌어안아 주려 노력했습니다. 마치 〈그게 나야〉라는 김동률의 노래 제목처럼요(솔직히 고백하자면 책을 쓰는 일보다 그게 더 어려웠습니다). 생각이 여기에 미치자 누군가는 저의 너절한 상념에 '저 사람도 저렇게 출렁대며 사는구나' 위안을 받을 수도 있겠다 싶으며 한결 마음이 편안해졌습니다. 그렇게 스스로와 싸우고 상처 주고 또 위안하는 시간을 겪어낸 결과 이렇게 책을 세상에 내보이게 되었습니다.

인간은 인위적으로 시간의 단위를 만들어 분절하지만 인생에는 시작과 끝이란 없습니다. 강물처럼 계속 흐르니깐요. 저 역시 책의 출간을 끝맺이했지만 오늘도 여전히 있는 그대로의 나를 인정하고 보듬으려는 노력 중에 있습니다. 내가 원하는 것과 내가 해야 하는 것 사이의 간극 속에서 실망하고 상처받고 흔들리는 일상을 사는 것 역시 여전하고요. 과연 달성이라는 게 가능할까 싶은 쉽지 않은 숙제이지만 계속하고자 합니다. 때때로 일렁이는 마음이지만 허우적대기보다는 출렁대는 물결에 몸을 맡기고 계속 가보려 합니다.

이 책이 나올 수 있도록 애써주신 마로니에북스 출판사 관계자님들과 길을 잃을 때마다 친절한 길잡이가 되어주신 편집자님들 그리고 무엇보다 제 곁에서 격려해주는 사랑하는 가족과 친구들에게 감사하다는 말을 전합니다.

차례

움직이다

멈추다

나아가다

움직이다

아침 8시가 되면 어김없이 휴대전화에 와르르 알림이 뜬다. 밤에 도착한 메일이나 메시지 알림들. 밤 11시부터 아침 8시까지는 기상 알람을 제외하고 모두 꺼지도록 휴대전화를 설정해두었다. 새벽에도 수시로 날아오는 메일과 메시지에 시달리다가 찾은 고육지책이다.

몇 년 전 어느 날 아침, 8시가 되자 평소처럼 휴대전화 알림이 울렸다. 그다지 친분이 깊지 않은 사람에게서 메시지가 12개나 도착해 있었다. 1년에 한 번 연락을 주고받을까 싶은, 그럭저럭 알고 지내는 사람이었다. 대체 무슨 일인가 싶어 화들짝 놀라 메시지를 열어보니 개인적인 궁금증을 풀려는 내용이었다. 너무 단순한 질문이라 법률 상담이라고 할 수도 없는, 포털사이트 검색창에 한 번만 검색해보면 바로 답이 나오는 물음들로 가득했다. 아침부터 휴대전화에 뜬 '12'라는 빨간 숫자에 바짝 긴장한 게 아까울 정도로 허탈해지는 순간이었다. 그리고 긴장이 빠져나간 그 자리에는 불쾌함이 차올랐다.

메시지를 다시 보니 보낸 시각은 새벽 2시 30분. 그는 '오랜만이다', '잘 지내냐' 같은 인사말 따위는 생략한 채 다짜고짜 궁금한 게 있다며 질문을 늘어놓았다. 보낸 메시지는 12개였지만 온전한 문장으로 조합하면 세 문장 정도에 불과했다. '근데' 같은 접속사나 물음표와 같은 부호를 문장에 붙이지 않고 깍둑썰기 하듯 하나하나 끊어서 메시지를 보내다 보니 12개나 된 것이다(메시지 하나를 보낼 때도 표현이 이상한지 여러 번 읽고 문장을 매만지는 나로서는 도저히 이해할 수 없는 일이었다).

'급한 일도 아닌데 왜 새벽에 메시지를 보내지?'
'내가 자판기야? 어떻게 30초만 검색해도 알 수 있는 걸 스스로 알아볼 생각도 않고 물어볼 수가 있지?'

새벽에 메시지를 보내는 무심함, 검색 한 번이면 알 수 있는 간단한 내용을 거침없이 물어보는 무성의, 인사말도 없는 무례함을 계속 곱씹으며 씩씩거렸다. 그리고 무엇보다 아침부터 내 기분을 상하게 만들었다는 사실이 가장 원망스러웠다. 화장을 하며 거울에 비친 모습을 보니 누가 봐도 잔뜩 부어오른 표정이었다. 그 모습이 멋쩍어 그렇게도 화날 일이었는지 스스로에게 물었다. 그런데 문득 맞닥뜨린 상황에 비해 내가 애써 상황을 길게 펼쳐내어 기분 나빠하고 있다는 생각이 들었다.

새벽에 울리는 알림 소리에 잠이 깼거나 유료 법률 상담이 필요할 정도의 어려운 질문을 했다면 화낼 만도 하겠지만 아침 8시가 돼서야 메시지를 읽었으니 자는 데 방해를 받은 것도 아니고, 질문도 나로서는 별 노력 없이 바로 대답해줄 수 있는 내용이니 간단히 답해주면 그만인 노릇이었다. 그저 내가 지금 힘든지 아닌지에만 집중하면 되는데 왜 군이 그의 마음에 헤집고 들어가 있지도 않은 예의와 성의를 찾아대며 기분 나빠하나 싶었다.

'새벽에 온 메시지에 방해를 받았는가?'
'아니오.'
'질문이 시간을 들여 검토해야 하는 질문인가?'
'아니오.'

답이 '아니오'인 이상 더 이상 기분 나빠하지 않아도 되는데도. 가끔은 명령어에만 반응하게끔 프로그래밍된 기계처럼 상황을 단순하고 납작하게 바라볼 필요가 있다고 깨달은 순간이었다.

그 일이 있은 뒤 얼마 지나지 않아 친구를 만났다. 친구는 만나자마자 회사 동기 험담을 한 바가지 쏟아냈다.

"아니, 걔가, 얄미운 게 뭔지 아니? 꼭 자기가 필요할 때만 연락을 하는 거야. 뭘 좀 바꿔 달라, 뭘 좀 알려 달라… 해주는 건 어렵지 않은데 얌체 같아서 짜증나는 거지."

"그럼 넌 걔가 부탁하는 걸 해줘?"

"별 수 있니. 별것도 아닌 일을 안 해주면 나만 좀스러운 사람 되는데."

"부탁 들어주는 건 어렵지 않고?"

"그렇지. 뭐 대단한 부탁도 아니야. 어차피 내가 하는 일이기도 하고."

"그럼, 별것 아니라는 점만 생각해. 어차피 해줄 거면 필요할 때만 연락하는 그 사람 마음에 기분 나빠하지 말고 너한테 별일이 아니라는 것만 생각하라고. 얌체 같은 마음 예의주시하다가 스트레스 받는 사람은 너니까 해달라고 하는 일이 별것 아니면 그냥 해주고 더 이상 신경 쓰지 마."

친구는 이해할 듯 말 듯한 표정을 짓더니 이내 알겠다고 했다.

기분이 상하는 것만으로도 억울한데 더 억울한 건 나쁜 감정을 떨쳐내는 일 또한 내 몫이라는 점이다. 인간관계에서 크나큰 잘못을 한 게 아니라면 상대에게 대놓고 항의를 하기도 어려운데다 대부분의 경우에 상대는 자신의 잘못을 알지도 못한 채 넘어간다. 그러니 혼자 꿍해 있어봤자 누군가 내 마음을 풀어줄 리도 없다.

사람을 대하는 일을 하다 보니 하루에도 여러 사람과 입씨름을 하고 신경전을 벌이며 크고 작은 생채기를 입는다. 그러면서 얻은 깨달음은 불쾌한 기분을 끌어안고 있어봐야 결국 내 손해라는 사실이었다. 그 뒤로 이 사람, 저 사람에게서 심적 타격을 입을 때마다 감정을 지켜내는 방법을 찾기 시작했는데, 최대한 재빨리 불쾌함을 떨쳐내는 것, 기분 나빠할 시간과 에너지조차 아끼는 것이 내 기분을 망친 이에 대한 최고의 복수이자 날 위한 최선임을 알게 됐다.

그리고 감정을 지키는 방법에 '납작하게 바라보기'를 추가했다. 상황을 납작하게 눌러 표면에 드러난 일에만 반응하는 것. 구태여 상대의 숨겨진 태도나 마음을 세세히 바르고 그 속에서 괘씸함이나 뻔뻔함, 무심함을 끄집어내 날 괴롭히지 않는다. 물론 불쾌함을 부풀리는 건 벌어진 상황보다 상대의 태도나 감정이겠지만 의도적으로 보지 않으려 노력한다. 어떻게 그럴 수 있냐는 무력한 의문도 품지 않고, 의미 없는 가정도 하지 않는다. 오로지 내게 펼쳐진 상황을 받아들일지 말지에만 집중하려 한다.

신기하게도 이 방법이 꽤 효과가 있다. 상황을 납작하게 바라보면 울퉁불퉁 거칠어진 마음도 금세 평평해진다. 이렇게 불필요하게 흐르는 감정을 지켜나간다.

무쓸모의 쓸모

나는 주변에서 알아주는 취미 부자다. 일단 서른 살 이후에 배웠거나 즐긴 취미만 나열해도 가죽공예, 도예, 프랑스자수, 민화, 화과자 빚기, 향도(香道), 킨츠기(金継ぎ)가 있다. 이것들은 활동적이지 않은 내 성격처럼 대체적으로 정적이다. 또한 오랜 시간이 걸리고, 노동에 가까울 만큼 많은 육체 작업을 필요로 한다.

민화만 해도 칠 한 번으로 끝나지 않는다. 연한 색으로 밑색을 깔고 농도를 높여가며 색을 입히는데, 마르기를 기다리고 다시 덧칠하는 시간을 반복해야 한다. 화과자 빚는 일은 더 고되다. 재료 준비에만 10시간이 훌쩍 넘게 걸리니 취미라고 하기에는 너무나 중노동이다. 그럼에도 누구보다 취미에 진심인 나는 장인이 될 것도 아니면서 쉽게 결과물을 만들 수 있는 요령은 거부하고 구태여 정통 방식을 고수한다. 심지어 우리나라에서 구할 수 없는 재료를 구하러 해외에 나가고, 기왕 배우는 거 제대로 공부하겠다며 관련 자격증을 따기도 한다.

이런 나를 볼 때마다 지인들은 쉴 시간도 없으면서 그런 건 배위 어디에 써먹을 거냐며 타박하기 일쑤다. 일에 치이다 보면 잠 잘 시간도, 밥 먹을 시간도 빠듯하니 몇 시간, 아니 몇 날 며칠을 매달려야 하는 취미에 열중인 나를 충분히 나무랄 만도 하다.

그들의 걱정 어린 타박이 고맙지만 한 가지 걸리는 부분이 있다. 어디에 써먹을 거냐는 말. 어떤 쓸모나 효용을 생각해서 취미에 열중인 것은 아니다. 오히려 쓸모를 염두에 두지 않고 시간과 에너지를 쏟을 수 있어서 희열과 해방감을 느낀다.

나의 삶은 과거에도 현재에도 언제나 능률과 효용, 생산성과 결과로 평가받는 세계에 속해 있다. 학창 시절, 시험을 잘 보기 위한 방법으로 제일 먼저 배운 건 시험 범위가 아닌 부분을 골라내는 것, 같은 시간이라면 기출도가 높은 부분을 중심으로 공부하는 요령이었다. 한정된 시간 안에서 막대한 양의 공부를 하기 위해서는 남들보다 효율적으로 공부하는 방법을 연구해야 했다.

변호사가 되어서도 마찬가지였다. 시간과 노동이 경제적 가치로 환산되는 삶 속에서 시간 낭비는 곧 죄악이고, 시간을 쪼개 최대한 많은 일을 처리하는 게 능력으로 여겨진다. 그리고 무엇보다 법률가의 행동에는 그 흔한 '그냥'이 없다. 변호사가 쓴 계약서에서 의도와 의미 없이 존재하는 문구는 없다. 아무도 읽지 않는 제1조(계약의 목적)마저도 의도와 계획으로 고심해서 만들어낸 것들이다. '~하여야 한다'와 '~하도록 노력하여야 한다' 역시 언뜻 보면 그게 그 말 같지만 법적 구속력 측면에서는 천지 차이다.

법원에 제출하는 소장이나 판사가 작성하는 판결문도 매한가지다. 어느 단어 하나, 문구 하나 '멋있어 보이라고', '그럴 듯해 보여서' 쓴 게 없다. 그 이면에는 철저히 규칙과 의도가 담겨 있다.

일상적으로 내뱉는 말 한마디에도 쓸모와 효율을 계산하며 사는 내게 위안을 주는 건 역설적이게도 '무쓸모'와 '비효율'이다. '쓸모'를 생각하지 않고 몰두하는 시간, 겉으로 드러나는 성과가 없어도 몸과 마음을 다하는 취미가 그렇게 살지 못하는 '현생'에 대한 일종의 저항이고 도피다.

내가 예술을 좋아하는 이유 중 하나도 '비효율'에 대한 동경 때문이다. 무수히 점을 찍는 행위나 끝없이 덧칠하는 지극히 무용해 보이는 예술 작업을 보고 있노라면 순수함을 느끼다 못해 경건해진다. 얄팍한 요령과 실리주의에 굴하지 않고 기꺼이 쓸모없는 시간을 견뎌내는 예술가들의 정직함과 용기야말로 나 같은 범인(凡人)은 할 수 없는 고차원의 지적 활동이다.

작고한 황현산 교수는 "예술이 지향하는 이상 가운데 하나는 아름다우면서 쓸모없는 것이 되는 것이다. 그런데 오해하지 말 것은 이 쓸모없다는 것은 '지금 쓸모가 없다'는 말이다. 그것의 쓸모를 찾아내는 것이 문화의 발전이기도 하다"* 라는 말을 했다.

그의 말에 따르면 나의 일은 전혀 아름답지 않지만 당장 쓸모 있는 일. 그런데 하루 종일 쓸모를 고심하며 결과와 성과에 매진

---

* 황현산, 《내가 모르는 것이 참 많다》, 난다, 2019.

한 후에 밀려오는 헛헛함은 이루 말할 수 없다. 그런 날에는 몸을 움직여 사포로 깨진 도자기를 갈거나, 밤을 새어 앙을 쑤면서 무용한 일에 시간을 낭비하며 위로받는다.

그렇게 오늘도 '무쓸모'의 취미에 몰두한다.

거절하기

"거절 후, 진짜 관계가 시작돼요."[*]

지난 5월, 휴가를 떠나는 비행기 안에서 엄지혜 작가의《까다롭게 좋아하는 사람》을 읽다가 머리를 한 대 맞은 듯했다.

변호사의 일정은 재판을 중심으로 돌아가다 보니 맘 편히 휴가를 떠날 수 있는 시기는 7월 말에서 8월 초, 전국의 법원이 휴정기에 들어가는 시기뿐이다. 지난 10년간 한 번의 예외 없이 휴정기에 맞춰 휴가를 가다가 올해는 개인적인 사정으로 5월에 휴가를 가게 됐다. 몇 개월 전부터 무리 없게 일정을 조율하고 미리 준비를 해뒀음에도 자리를 비운 동안 급한 업무 요청을 받으면 어쩌나 조마조마하던 터였다.

최근 나의 화두는 '거절하기'다. 생긴 것만 봐서는 싫은 소리도 눈 깜짝 않고 잘하고, 거절도 단호하게 잘할 것 같지만 사실 둘 중 어느 하나도 잘하지 못한다.

[*]　『까다롭게 좋아하는 사람』, 엄지혜, 2024년, 74쪽.

직업이 누군가를 도와주는 일이라는 건 달리 말하면 누군가로부터 도움을 요청받을 일이 많다는 뜻이다. 업무 시간이 아닌 아침 일찍이나 밤늦게도 연락이 오는 건 기본이고, 업무 요청을 하는 이들은 저마다 급한 사정을 말하며 최대한 빠른 일 처리를 바라곤 한다. 가끔은 터무니없는 비용을 제시하며 사건 처리를 요구하는 경우도 있고, 인터뷰나 강연, 방송 출연 요청처럼 업무 외적인 것까지 따지면 하루 평균 받는 부탁과 요청이 10개는 훌쩍 넘는다(물론 누군가 나를 필요로 한다는 건 감사할 일이다).

그럴 때마다 나는, 확률 100퍼센트까지는 아니어도 거의 예스맨이 된다. "안 됩니다", "어렵습니다"를 입 밖으로 꺼내는 순간의 껄끄러움이 싫어서 끌려가거나 참아낸다. 바쁜 일정에도 시간을 쪼개어 일을 맡는다든지 촉박한 업무 요청에는 밤을 새서라도 상대가 원하는 날짜에 답변을 주고, 밥을 먹다가도 수저를 내려놓고 업무 연락을 받는 게 습관이 되어버렸다.

오는 제안이나 요청 중에는 합당하고 내게도 좋은 기회가 될 일도 있지만 그렇지 않은 일도 많고, 심지어 무리한 부탁도 있다. 그럼에도 응하게 되는 건 결코 내가 착해서가 아니라 거절을 하는 게 어려워서였다. 간혹 어쩔 수 없이 거절하게 될 때면 내가 부탁을 하는 사람인지 받은 사람인지 헷갈릴 정도로 상대가 굳이 알 필요도 없는 이유까지 끄집어내어 거절할 수밖에 없는 사정을 호소하곤 했다. 거절 후 두고두고 불편한 마음이 드는 건 덤.

성격이 이렇다 보니 솔직하면서도 담백하게 거절하는 사람을 보면 그렇게 부러울 수 없다. 무례하지도 무겁지도 않게 거절하면서도 자기중심은 잃지 않는 사람. 마치 상대와 나와의 거리는 내가 결정한다는 건강한 주도권을 가진 느낌이다.

무리한 부탁을 하는 상대가 잘못이지 거절하는 내가 잘못이 아니라는 모 연예인의 말에 끄덕거리며 '다음에 부탁받으면 나도 저렇게 해야지' 마음을 다잡지만 같은 상황이 오면 어김없이 예스맨이 되며 도돌이표다.

거절을 어려워하는 게 계속되면서 소진되는 시간과 소모되는 체력보다 안타까운 건 후회와 자책을 마주할 일이 많아진다는 것이었다. 무리한 부탁을 들어줬지만 일말의 뿌듯함과 보람이 느껴지지 않을 때도 많았다. 그리고 그때마다 내 삶의 주도권을 뺏겼던 허탈감은 오래 나를 괴롭혔다.

과거에는 거절을 잘하지 못하는 이유를 변호사를 하며 쓸데없이 넓어진 이해심 탓으로 몰았다. 법이란 게 애초에 여러 사람이 모인 사회에서 각자의 입장을 조금씩 양보해 만든 약속이다 보니 결코 한쪽의 입장만 대변하지 않는다는 걸, 법문에 달린 그 많은 '다만'과 '단'과 같은 단서는 원칙대로 할 수 없는 예외적인 사정과 경우가 있음을 배웠으니깐. 그리고 많은 이를 만나고 그들의 사정을 속속들이 들여다보며 왜 이렇게밖에 할 수 없는지를 이해하게 된 결과라고 생각했다.

아침 일찍부터 오는 의뢰인의 연락을 받을 때는 송사에 얽힌 이의 불안한 마음을 이해하니까, 받은 날짜를 주며 일 처리를 부탁하는 것도 제때 회신을 받지 못하면 상대방의 상황이 어그러지니까, 합당치 않은 비용의 업무 제안에도 내부 예산 사정을 생각해서, 무리한 부탁에도 중간에 소개해준 사람이 떠올라서 '어쩔 수 없지'란 말만 되뇌었다. 그러면서 얄팍한 만족감, 값싼 우월감에 빠져 스스로를 상대의 사정을 고려할 줄 아는 사람이라고 착각했다.

그런데 거절하는 때부터 진짜 관계가 시작된다는 말에 문득 나는 그동안 거절로 얻게 될 것보다는 잃게 될 것에만 전전긍긍했는지도 모른다는 생각이 스쳤다. 거절이 관계의 끝이라고 생각했는데, 시작이라니. 세상에나.

원만한 인간관계, 좋은 평판, 성실하다는 평가 같은 타인에 대한 과도한 인정욕구로 뭐 하나도 놓치기 싫은 마음이 내 안에 가득했다. 실험 상자 속 먹이를 쥐고 있느라 팔을 빼지 못해 도망가지 못하는 원숭이마냥.

무엇보다 내게는 우선순위가 없다는 게 문제였다. 우선순위가 없는 건 선택의 상황에서는 취약이다. 우선순위가 있다는 건 상대적으로 덜 중요한 게 있다는 뜻이고 덜 중요한 게 있어야 과감히 포기도 가능한데 내게는 모든 것이 놓치기 싫은 동 순위였다. 실리 앞에 명분을 버리거나, 심신의 평안을 위해서 타인의 평판을 버릴 용기가 있어야 하는데 나는 그러지 못했다. 욕심으로 모두 버릴 수 없었고 그 사이에서 우왕좌왕하며 나의 시간과 에너지를 여기에 한 움큼, 저기에 한 움큼 떼어주다 결국 곧 고꾸라질 듯 아슬아슬하게 깃발이 꽂혀 있는 모래성 놀이의 앙상한 모래처럼 남아 있었다.

그리고 하나 더 더하자면, 나는 거절을 두려워하는 사람이었다. '거절'이라는 게 내게는 두렵고 특별한 일이라 그만큼 무겁게 생각했는지도 모른다. 40년 인생을 반추해보면 누구에게 거절당했던 일이 별로 없었다. 아니, 그보다는 누구에게 부탁을 해본 일이 별로 없다는 게 맞겠다. 내게는 어쩌다 큰맘 먹고 하는 게 부탁이고, 그러다 보니 거절당하는 일에 두려움이 클 수밖에. 생각이 여기까지 미치고 나니 서른 살 즈음 누군가 했던 말이 떠올랐다.

"주희, 너는 선택이란 걸 해본 적이 없는 애야."

그 말을 들은 그때에는 그 말이 무슨 뜻인지 몰랐다. 선택을 하지 않고도 사는 사람이 있나? 인생은 선택의 연속 아니겠어? 시답잖은 소리라며 넘긴 말이 이제서야 무슨 뜻인지 알 것 같았다. 나는 단호하게 잃는 걸 해보지 못했단 뜻이었구나.

거절의 굴레에서 벗어나기 위해선 내게도 우선순위가 필요하다. 선택의 기로에 놓인 상황에서 무엇이 중요한지, 포기할 것은 무언지 정의하고 답을 내릴 수 있어야 한다. 그리고 무엇보다 상대의 볼멘소리에 기죽거나 야속하다는 원망에 흔들리지 않으려면 거절에 대한 확신과 정당성을 스스로에게 심어줘야 한다. 나조차도 내 거절에 확신이 없다면 그때야말로 관계의 주도권을 상대에게 내어주는 셈이 된다.

요즘은 깎일 평판이나 당장의 손해에도 눈 질끈 감고 담백하게 거절할 줄 알고, 거절당하는 일에도 평온함을 잃지 않는 연습을 하고 있다. 물론 내 선택에 스스로 확신을 갖는 일도 열심히 노력 중이다. 거절의 경력에서는 이제 갓 걸음마를 뗀 수준이지만 하나둘 경험이 쌓일수록 심신의 에너지가 애먼 곳에 낭비되지 않고 나를 지켜가는 느낌이 든다. 지키는 만큼 나눠줄 무언가도 있을 테고.

담백하게 거절하는 방법은, 살면서 한글과 덧셈 뺄셈만큼이나 반드시 배워야 하는 필수 기술이 아닐까 싶다.

변호사님은 대체
누구 편이세요?

　종종 가족이나 친구의 지인, 혹은 그 지인의 지인이라는 이들로부터 상담 전화를 받는다. 중간에서 연결해주는 이들은 하나같이 '간단한 상담'이라고 말하지만 사안을 듣기 전까지 간단한지 아닌지는 알 수 없고, 법적 판단이라는 건 사안을 둘러싼 사실관계가 모두 파악이 되었을 때 비로소 내릴 수 있는지라 설명을 간략하게 들을 수밖에 없는 전화 상담은 최대한 피하려 한다. 그러나 인간관계로 얽힌 세상에서 중간에 껴 있는 이들의 체면을 생각하면 쉽게 내칠 수가 없다.

　그렇게 넘겨받은 상담 전화는 30분을 넘기기 일쑤다(사안에 따라 2시간이 넘을 때도 있다). 사람은 본능적으로 자신에게 유리하게 말하기 마련이라 변호사가 편집 혹은 각색된 이야기만 믿고 법적 조언을 하는 건 자칫 잘못된 피드백을 줄 수 있기 때문에 위험하다. 사안과 관련된 사실관계를 꼬치꼬치 묻고 당사자가 놓치고 지나간 부분까지 파악한 후에야 법적 판단을 내리게 되는데 그렇다 보니 아무리 '간단한 상담'이라 하더라도 통화를 하다 보면 30분이 훌쩍 넘는다.

시간과 에너지를 투입해 통화하고서 긍정적인 답변을 줄 수 있으면 나도 뿌듯하다. 그러나 간혹가다 상담받는 사람에게 명백한 귀책이 있거나 대법관 할아버지가 온다 하더라도 어찌할 수 없는 사례도 있다(그렇지 않다면 이러저러한 방법을 강구해볼 수 있다고 최대한 가능성을 열어두고 답한다). "안타깝지만 안 됩니다"라는 나의 말에 전화기 너머로 얕은 탄식이나 실망하는 목소리가 들린다.

물론 말은 '아' 다르고 '어' 다르기에 똑같이 안 된다는 말이라도 상대의 기분이 최대한 상하지 않게 요령껏 할 필요가 있다. 어떤 마음인지 충분히 공감은 가지만 법적으로 따져보면 이런저런 이유로 어려울 것 같다고 완곡하게 말하거나 상대가 너무 실망하는 눈치다 싶으면 내가 죄송할 일이 아님에도 죄송하다는 말을 덧붙인다.

대개는 답변을 들으면 "감사합니다"라든지 "바쁘신데 시간 뺏어서 죄송합니다"라는 말을 건네는데 어떤 경우에는 "하아… 안 돼요? 네, 알겠습니다" 하고 전화를 매몰차게 끊어버리기도 한다. 그런 사람이 어딨냐 싶겠지만 애석하게도 사실이다. 뒷담화하는 사람보다 뒷담화를 전하는 사람이 더 밉다고, 본인에게 벌어진 상황에 대한 미움보다 그 상황을 "안 된다"는 말로 정리하는 내가 더 미운가 보다. 원하는 답변을 듣지 못했으니 실망하는 마음이야 백번 이해하지만 바쁜 시간을 쪼개 장시간 통화하고 상답을 해줬는데도 고맙다는 소리 하나 없이 전화를 끊는 사람을 보면 기분 나쁜 건 둘째 치고 '내가 뭘 한 건가' 하는 자괴감이 밀려온다. 그럴 땐 이미 통화에서 사라지고 없는 상대를 탓할 수도 없는 노릇이고 결국 화살을 돌려 내가 조금만 더 노회한 변호사였다면, 아니 좋은 게 좋은 거라고 일단 된다고 하고 사건을 맡겨보시라 해야 했나 자책하고 만다.

변호사들도 여느 직업군처럼 모이면 넋두리하느라 바쁘다. 일하며 느끼는 스트레스나 고민, 고충을 서로서로 털어놓으며 위안을 받는데, 연수원 동기 변호사와 만난 자리에서 그는 최근 의뢰인으로부터 "변호사님은 대체 누구 편이세요?"라는 말을 들었다며 씁쓸하게 웃었다.

변호사는 의뢰인을 위해 일을 하지만 더 정확하게 표현하면 의뢰인이 위임한 법률 사무를 처리하는 역할을 한다. 둘의 차이는 변호사가 반드시 의뢰인 말대로 하느냐, 아니냐다. 변호사의 업무가 전자라면 법리적으로 맞든 아니든, 결과가 좋든 말든 의뢰인의 요구대로 일을 하겠지만 이와 달리 후자는 위임받은 사건을 법률 전문가로서 처리해야 하기에 의뢰인의 요구가 법리적으로 불가능하다면 불가능하다고 설명하거나 혹은 의뢰인을 설득할 수 있어야 한다. 그렇지 않다면 변호사는 법률 문서를 대서해주거나 대신 말해주는 심부름꾼에 지나지 않을 것이다.

상황이 이렇다 보니 변호사는 "안 됩니다", "할 수 없습니다", "어렵습니다" 같은 부정적인 말을 할 때가 많다. 법률 전문가로서 사안을 분석해봤을 때 법리적으로 이건 이래서 안 되고, 저건 저래서 어렵다고 말하는 상황이 생긴다. 심지어 자신의 의뢰인에게도. 동기 변호사도 처리하는 사건과 관련해서 상대방 주장이 법리에 부합하고, 그래서 의뢰인의 주장 중 일정 부분을 포기해야 한다는 점을 설명했는데, 의뢰인이 "변호사님은 대체 누구 편이시냐"며 뾰족하게 쏘아붙인 것이다.

물론 언제나 "됩니다"라고 하는 게 영업적인 측면에서 좋을지 모른다. 의뢰인이 뭘 원하는지 아는 상황에서 듣기 좋은 얘기만 하는 쪽이 변호사 입장에서도 편하다. 하지만 전문가라면 그럴 수 없다. 변호사는 법률 전문가로서 정확하게 법리적 판단을 하고, 주어진 증거와 사실관계 안에서 최선을 다해 법리적 주장을 하는 사람이지, 안 되는 걸 된다고 속이는 사람이 아니다. 진짜 전문가는 모르는 건 모른다, 안 되는 건 안 된다고 말할 줄 아는 사람이라고 누군가 말했는데, 그게 참말이다.

의뢰인 편에 선다는 것은, 법리적으로 맞지 않는 막무가내 주장에도 "맞다, 맞다" 응하기보다는 의뢰인에게 최대한 유리하도록 사실관계와 증거를 포섭하고 받아들여질 만한 합리적인 법리 주장을 통해 의뢰인이 원하는 바를 관철시킨다는 의미다. 의뢰인 곁에 서 있지만 객관적인 자세를 잃지 않는 것, 그게 중요하다.

변호사는 의도치 않게 적이 생기기도 한다. 소송이란 게 원체 양 당사자가 나뉘어 싸우는 만큼 내가 대리하는 의뢰인의 상대방에게는 변호사인 나도 적으로 느껴질 수밖에 없다. 변호사가 법적 공방을 하며 쓴 서면에는 상대방을 공격하는 내용투성이인데 공격받는 입장에서는 변호사가 얼마나 미울까.

문화예술계도 여느 업계와 마찬가지로 파벌이 존재하고, 그들 사이에 경쟁과 분쟁도 발생한다. 그 안에서 한쪽을 대리하다 보면 자연스레 반대 진영에서 나를 경계하는 게 느껴질 때가 있다. 나는 법적 분쟁을 풀어나가는 역할을 할 뿐이지 파벌 싸움에서 정치적 판단을 한 것이 아님에도 법적 분쟁이 해결되고서도 '누구누구의 사람', '누구누구의 편'으로 영영 낙인찍혀 상대방과 껄끄러워진 적도 있다.

언젠가 미술계 사람들이 모이는 자리에서 누가 대뜸 내게 "변호사님은 누구 편이세요?"라고 물어왔다. 갑자기 누구 편이냐는 질문에 당황스러워 되묻자, 그는 작가와 갤러리 중 누구 편인지 다시금 물었다. 작가와 갤러리를 마치 배척점에 서서 싸우는 이들로 전제하고 던진 그 질문이 유치하기 그지없어서 누구의 편도 아니라고 대답하고는 서둘러 그 자리를 피했다. 앞뒤 다 자르고 작가와 갤러리를 무조건 대립되는 당사자로 보는 건 무슨 폭력이란 말인가. 곤란에 처해 있고 법적인 도움이 필요하다면 변호사로서 객관적인 조언을 하며 어려운 사람을 돕는 것이지 감정에 휩쓸려 편을 갈라 누구의 편이라고 미리 정해두지 않는다. 애초에 그런 정치적인 사람도 못 될뿐더러 내 자격증을 자존심도 없이 파벌 싸움에 나팔수 역할을 하는 데 사용하고 싶지도 않다. 작가들이 정당한 권리를 보장받으며 창작 작업에 열중할 수 있기를, 갤러리가 어려운 환경에서도 미술 시장의 한 축으로 제 역할을 해나갈 수 있기를, 나의 능력과 전문성이 미술계가 옳은 방향으로 가는 데 기여할 수 있기를 바랄 뿐이다.

변호사는 누구의 편도 아닌, 오직 나의 도움을 필요로 하는 의뢰인의 편이다.

그때는 모른다

"주희 아니니?"

세 달 전이었나. 사무실 근처 식당에서 점심을 먹고 나오는 길에 대학 시절 친하게 지낸 선배 언니와 우연히 마주쳤다. 마지막으로 만난 때가 학교를 졸업하기 전이니 아마 15년도 더 되었을 것이다. 나는 방황 아닌 방황으로 재미없는 대학 생활을 보냈고, 그 덕에 친한 동기, 선후배들을 양 손가락으로 꼽아도 손가락이 남게 되었다. 그러니 오랜만에 만난 선배 언니는 나에게 진귀한 인연일 수밖에.

우리가 멀어진 건 시험이 가르는 잔인한 운명 때문이었다. 법대생은 사람마다 다르긴 하지만 빠르면 2학년 때부터 사법시험(사시) 준비에 들어간다. 학교를 다니면서 시험을 준비하는 친구들도 있지만 많은 경우는 시험 준비에 전념하기 위해 휴학을 하거나 신림동 고시촌으로 들어간다. 그러다 보면 지나가다 보이던 동기나 선후배들이 구멍 뚫린 스펀지처럼 하나둘씩 보이지 않는다. 그렇게 조밀했던 관계가 느슨해질 기미를 보인다.

각각 2월과 6월에 치러지는 1차, 2차 시험이 끝나고 다음 학기가 되면 족보가 뒤죽박죽 얽히기 시작한다. 휴학 없이 제 학년을 다니는 사람, 휴학 후 복학한 사람, 복학하지 않고 연달아 휴학한 사람까지 같은 학번이라도 학년이 들쑥날쑥 달라진다. 다른 학과에도 휴학생과 복학생이 있겠지만 법대에는 그 비율이 너무 많다는 게 문제다.

합격자 발표는 안 그래도 느슨해진 관계에 가위질을 해버린다. 사시가 있던 시절에는 각 대학교에서 서로 경쟁하듯 합격자 수와 명단을 대형 현수막으로 만들어 건물에 걸었다. 시험을 준비했든 하지 않았든 법대생이라면 누구나 숨죽이며 합격자 발표를 기다렸다. "누구는 붙었다더라", "누구는 떨어졌다더라"라는 얘기가 지겨울 만큼 들려오고, 합격자와 동명이인인 불합격자에게 축하인사를 하는 일이 생기는가 하면, 속 모르는 사람이 불합격한 선배와 합격한 후배가 함께 있는 자리에서 축하 인사를 건네는 잔인한 장면도 종종 연출된다.

그러다 보니 서로 민망한 상황을 피하기 위해 낯빛을 보며 합격자인지 불합격자인지 살피는 눈치작전이 벌어지기도 한다. 떨어진 사람 마음은 오죽하겠냐마는 합격한 사람 마음도 편치는 않다. 시험 준비가 얼마나 힘든지 알기에, 주변에 아직 공부하는 수험생들을 생각하면 합격한 사람도 마냥 좋아할 수도 없고, 불합격한 친구를 섣불리 위로하기에도 조심스럽다. 그 힘든 길을 다시 도전해야 하는 사람들 중 몇몇은 잘못한 것도 없으면서 괜스레 위축되어 동기들을 멀리하거나 숨어 다니기도 하고, 그 마음을 아는 이들은 연락하는 것조차 미안해 애써 거리를 둔다. 그렇게 조심스러운 20대가 지나면 서로의 근황도 모른 채 안부를 묻기도 어려운 사이가 되어버리고 만다.

졸업하고 뒤늦게 "누구는 아직 계속 공부한다더라", "누구는 시험을 포기하고 취업했다더라", "누구는 아직 연락이 안 된다더라" 하는 소문을 듣기도 하지만 어린 마음에 입은 마음의 생채기가 온전히 회복되었는지 알 수 없어 그저 마음속으로 잘 살기를 바랄 뿐이다.

시간이 흐르면서 시험의 합격 여부가 그 사람의 능력이나 가치를 증명하지 않는다는 당연한 사실을 깨닫지만 인생이 어렵고 슬픈 건 그 상황에 처해 있는 당시에는 모른다는 것이다. 우물 안 개구리처럼 내 세상의 존재 가치는 시험에 합격하는 일이고, 존재 가치에 도달하지 못했을 때 느끼는 좌절감과 무력감, 망가진 자존심은 한 사람을 삼켜버린다. 지금은 시험 그깟 게 뭐라고 한창 밝고 에너지 넘쳐야 하는 20대들을 승자와 패자로 나누고 모두를 죄인으로 만드냐고 화낼 수 있지만 나 역시 그때는 몰랐다.

오랜만에 만난 선배 언니는 나보다 두 학번 위였는데, 시험을 계속 준비한다고 휴학과 복학을 반복하다 언젠가부터 돌연 종적을 감췄고 사람들과 연락이 끊겼다. 합격 소식은 들려오지 않은 채. 함께 알고 지내던 선배들도 소식을 모른다고 했다. 그런 그녀를 15년도 더 되어 우연히 만났으니 얼마나 반가웠는지 모른다.

"주희야 너무 오랜만이다. 혹시 시간되면 잠깐 차 한잔 할래?"

근처 카페로 자리를 옮겨 너무 반갑다고, 대체 뭘 먹길래 그대로냐며 호들갑스럽게 떠들고 난 후 언니가 물었다. "주희 너는 회사가 여기 근처인 거야? 변호사 됐다는 얘기는 들었어. TV에 나오는 것도 몇 번 봤고. 멋있더라. 넌 사시 같은 거 절대 안 볼 것처럼 말하더니 사람 일 모르지. 문화예술 변호사라니 제 적성은 또 귀신같이 찾네." 질문에 대답하며, 머릿속으로는 '나는 언니에 대한 정보가 전혀 없는데 어떤 말을 건네야 할까' 전전긍긍했다. 그리고 조심스레 꺼낸 첫 말.

"언니도 회사가 근처예요…?"

내 마음을 읽었을까. 언니는 그동안의 일들을 이야기했다. 2013년도까지 계속 시험을 준비했다는 것, 시험을 포기한 후에는 2년간 방황했다는 것, 취업을 하려고 했지만 대학 생활 내내 한 거라고는 고시 공부밖에 없어서 취업도 쉽지 않았다는 것, 그러다 스트레스 받을 때마다 인터넷으로 소설을 쓰기 시작했는데 이제는 정식 웹소설 작가가 되어 어느새 4년 차가 되었다는 이야기.

예상치 못한 전개에 물개 박수를 치며 환호했다. 〈유 퀴즈 온 더 블럭〉에 나올 법한 스토리에 언니가 쓴 웹소설은 어떤 거냐며, 드라마로도 나오는 거 아니냐며 절로 신이 나서 물었다. 불현듯 한 손에는 법서를, 다른 한 손에는 순정만화를 끼고 다니던, 소녀 감성이 가득하던 언니의 모습이 떠올랐다. "얘 호들갑 좀 떨지 마, 아직 그 정도는 아니야"라며 손사래를 쳤지만 행동에서 묻어나는 여유에 '내가 괜한 걱정을 했구나' 하며 가슴을 쓸어내렸다.

"사람들한테 미안하지. 다들 내 눈치 보느라 연락 못한 거 아니까 내가 먼저 연락했어야 하는데. 변명같이 들리겠지만 그때는 사람들 볼 자신이 없더라고. 걱정해주는 말도 괜히 고깝게 들리고. 그게 뭐라고, 참… 어렸다 싶은데, 그땐 몰랐어." 언니 손을 잡고 말했다. 이해한다고. 다들 이해할 거라고. 이렇게라도 만나서 너무 반갑다고. 앞으로 자주 만나자고.

누구나 인생에서 어두운 긴 터널을 지나는 시기가 있다. 이기는 게 아니라 지는, 얻는 게 아니라 잃는, 잡는 게 아니라 놓아야 하는 '때'가 있다. 지나고 나서는 그 '때'였다는 걸 알지만 당시에는 모른다.

밤이 지나면 새벽이 오듯 어둠의 시간이 지나면 볕 들 날이 온다는 자기계발서 속 뻔한 이야기를 하는 게 아니다. 그저 인생에는 그런 때가 있다는 것, 동굴을 파고들어가 세상의 시선을 피해 숨죽이고 싶은 때, 거듭되는 실패와 남에게 보이기 싫은 불안과 절망을 감수해야 하는 때. 그런 시간이 있다는 사실을 아는 것만으로도 터널 속 세월을 견디는 데 조금은 위로가 되지 않겠느냐 말하고 싶다. 무기력하게 당하는 시간이 아니라 침묵으로 버티는 시간으로 만들기 위해서는 언제 올지 모르는 그 '시간'을 인식하며 살아야 한다고. 힘든 시간이 오면 그땐 조용히 읊조려야겠다.

"때가 왔구나. 무사히 지나가기를."

잠시 차를 마신다고
세상이 무너지지 않는다

부르르르르. 커피포트의 물이 끓는다. 찻잎을 넣은 다관(茶罐)에 뜨거운 물을 붓는다. 20초 정도 기다렸다가 숙우(熟盂)에 찻물을 따른다. 오늘 쓰는 숙우는 유리로 만들어져 호박색의 찻물이 투명하게 비친다. 노란 아침 햇살과 어우러져 한결 진하게 반짝인다. 찻물이 비워진 다관의 뚜껑을 열어 옅게 배인 차 내음을 맡아본다. 오늘의 차는 호지차다. 갓 볶아낸 곡식처럼 구수한 향이 포근하게 느껴진다.

김이 올라오는 숙우를 가볍게 잡고 찻잔에 찻물을 따른다. 찻잔을 양손으로 감싸고 조심스레 한 모금 마신다. 찻잔의 온기가 입술로 전해지고 밤새 말라 있던 혀와 목으로 뜨끈한 찻물이 연이어 흐른다. 머리와 몸에도 온기가 느껴지며 생기가 돈다.

삐-이. 달그락. 쪼르르. 가전의 백색소음과 다기 부딪치는 소리, 그리고 찻물 따르는 소리로만 채워진 고요한 토요일 아침. 20분가량 홀로 차분히 차를 마시고 하루를 시작한다.

한적하고 안온한 장면 같아 보이지만 마음속에서 한바탕 전쟁을 치르고 힘겹게 얻은 평화다. 망설임을 억누르고 초조함을 이겨낸 전리품이랄까.

심신이 건강한 삶을 위한 첫째 조건은 항상성 유지라고 한다. 규칙적인 시간에 일어나 규칙적인 식사를 하는 등 일상의 루틴을 만들기만 해도 우울증 치료에 도움이 된다고 하니 일정한 생활 패턴은 심리적 안정감을 갖는 데 중요한 요소다.

하지만 안타깝게도 변호사라는 직업은 항상성과는 거리가 멀다. 변호사를 하면서 가장 힘든 부분을 꼽으라면 시간을 의지대로 조절할 수 없다는 점이다. 애초에 나의 의도와 계획 없이 벌어진 타인의 사건에 대응하는 일이다 보니 시간 역시 내가 아닌 외부에 맞추게 된다.

예를 들면, A 의뢰인은 새로운 계약을 체결해야 된다며 급하게 계약서를 요청하고, B 의뢰인은 신사업의 법률 검토를 요청한다. C 의뢰인은 고소장이 접수됐으니 조사받으러 오라는 경찰의 전화를 받았는데 어떡해야 하냐며 걱정 가득한 전화를 걸어온다. 반대로 D 의뢰인은 거래 상대방을 고소하고 싶다며 고소장 작성을 요청한다. 그 와중에 진행하고 있는 소송사건 하나는 상대방 변호사의 서면이 접수되어 그에 반박하는 서면을 작성해야 하고, 또 다른 소송사건은 준비서면 제출 기한이 다가온다.

하늘의 장난이 아닐까 원망스러울 정도로 하루에도 수십 통의 전화와 이메일이 몰아치며 처리해야 하는 일들이 몰릴 때가 있다. 그때마다 차근차근 순서대로 하고 싶지만 '최대한 빨리'를 외치는 의뢰인에게 "죄송하지만 순서대로 처리할 테니 기다려 달라"는 말을 할 수가 없다.

법률 서면은 아무리 짧더라도 사실관계를 파악하고 증거를 정리해 법리를 검토하는 일련의 과정을 통해 만들어진다. 뚝딱하고 나올 수 없는데 "빨리빨리"를 외치는 의뢰인이 때론 야속하기도 하다. 하지만 누구나 제 손톱 밑 가시가 제일 아프다고 하지 않나. 의뢰인 각자에게는 자신의 사정이 가장 중요하고 급하다는 걸 알기에 이해 못 할 것도 없다. 더구나 법으로 정해진 기한 앞에서는 변호사의 개인적인 사정 따위는 통하지 않는다. 그래서 할머니 장례식장에서도 육개장 옆에 노트북 놓고 의견서를 써야 했고, 교통사고를 당하고도 대충 수습하고 법정에 뛰어가기도 했다. 그만큼 정해진 기한을 맞추는 건 목에 칼이 들어와도 변호사가 지켜야 하는 일이다.

내 의지와 상관없이 한꺼번에 몰리는 일을 처리하다 보니 걸핏하면 생활이 망가진다. 한정된 시간 안에 일을 끝내기 위해 가장 먼저 하는 건 밥을 굶는 일. 끼니를 자주 거르는 나를 보며 지인들은 밥 먹는 시간이 얼마나 걸린다고 굶느냐고 하지만 미리 예정되어 있던 재판 출석이나 상담, 회의는 일정대로 소화하면서 여분의 시간을 만들어 초과 업무를 해야 하기 때문에 단 30분의 시간도 소중하다. 법리를 검토해 도출하고 논리적인 글로 옮기는 일은 고도의 집중이 필요하지만 재판이나 회의 같은 외부 일정을 소화하고 나면 가만히 앉아 집중할 수 있는 시간이 턱없이 부족해진다. 또 갑자기 튀어나오는 일과 쉴 새 없이 몰려오는 연락에 응대해야 할뿐더러 급한 일을 처리하다가 그보다 더 급한 일이 생기기도 한다. 그러니 남들이 전화기를 내려놓는 식사 시간이 그나마 집중할 수 있는 시간이다. 그리고 급한 일에 마음이 쫓기고 신경을 곤두세우다 보면 전두엽 외에 위장 같은 다른 신체 기관은 사실상 파업 상태다. 그러니 식욕 같은 생리적 욕구는 저 뒷전이 된다.

그다음으로는 자잘한 루틴을 생략한다. 등록해둔 필라테스는 미루기 일쑤고 운동은커녕 아침에 일어나 간단히 하는 스트레칭이나 잠들기 전 일기 쓰기처럼 매일 해야지 마음먹은 일도 몇 주 유지하지 못한다.

폭주 기관차처럼 쉬지 않고 달리는 일정을 몇 주, 몇 달 버티고 나면 몸에 무리가 가지 않을 리 없고, 한 고비 넘기고 긴장감이 풀리면 된통 앓아눕는다. 그렇게 또 루틴은 망가진다. 바쁜 고비를 넘기고 언제 그랬냐는 듯 여유가 생기면 폐허처럼 무너진 일상을 다시 일궈보지만 익숙해질 만하면 또다시 일의 폭격을 맞는다. 이런 생활의 반복에 매년 새해 다짐과 계획을 적어둔 내 다이어리는 연초, 월초만 까맣다. 어디서부터 어떻게 해결해야 항상성 있는 삶을 살 수 있을까 많이 고민하면서도 "일이 밀려 있어 그 기한까지 회신을 드릴 수 없습니다"라고 할 만큼 강단이 있는 사람도 못되니 직업을 바꾸지 않는 한 어려운 일이라며 숙명처럼 받아들였다.

오늘 역시 마찬가지였다. 월요일까지 급하게 회신할 법률 의견서가 있어서 이번 주말도 이틀 모두 꽉 채워 일해야 했다. 어젯밤 꿈에서도 일을 생각하며 끙끙댈 만큼 밤새 마음이 불편한 채로 잠을 잤으니 일어나서 상쾌할 리 없었다. 뻣뻣하고 찌뿌듯한 몸만 봐서는 스트레칭, 아니 적어도 기지개라도 켜야 했지만 마음이 급해 일어나자마자 눈곱도 떼지 않고 잠옷 바람으로 책상에 앉았다. 당장의 상쾌함보다는 일분일초라도 일을 먼저 끝내는 게 더 상쾌하게 느껴지니깐.

목이 말라 어제 마시다 만 생수병 물을 마시려다 문득 나에게 제대로 된 차를 마실 시간이라도 주자는 생각을 했다. 남을 위해서는 주말도 포기하면서 나를 위해 차 한잔 마실 시간도 쓰지 못한다는 게 애잔한 마음이 들었다. 평소 같았으면 머그 컵에 대강 티백 몇 번 담갔다 흔들어 만든 밍밍한 차를 마셨겠지만 오늘은 찻잎을 찬찬히 고르고, 오늘의 분위기에 맞는 찻자리를 꾸몄다. 거실 큰 창으로 쏟아져 들어오는 아침 햇살과 유리 숙우와 잔의 반짝임이 잘 어울릴 것 같아 아끼던 유리 다구(茶具)를 꺼냈다.

물론 커피포트에 물을 올리고, 찻물을 우리는 그 몇 십 초를 버텨내는 게 쉽지만은 않았다. 해야 하는 의무와, 마음을 불편하게 하는 책임이 이명처럼 귓속에 자리 잡고 앉아서 자꾸 초조함과 조급함을 끄집어냈다. 하지만 눈을 질끈 감고, 차의 향미에만 집중하려 노력했다. 들썩이는 엉덩이를 억지로 붙잡아 앉히고 시끌시끌한 마음의 소리를 애써 모른 척하며 오감에 귀를 기울이는 건 법률 서면을 쓰는 일만큼이나 집중력을 필요로 했다. 현재에 머무르는 일이 이렇게도 힘이 드는 것이었다니.

그런데 찻물을 따르고 한 모금 머금을수록 귓가에 윙윙대던 잡념은 가라앉고 쪼르르 물 따르는 소리, 달그락 다구 부딪치는 소리만 들리기 시작했다. 그리고 20여 분의 찻자리를 마치고 드는 생각은 '어라? 이것도 해볼 만한데?'였다. 20분 동안 차를 마신다고 세상이 무너지지 않더라는 것.

일상도 결국 관성의 지배를 받는다. 루틴을 유지하는 데도, 루틴을 깨버리는 데도 관성이 작용한다. 그동안 의무감, 책임감이란 미명으로 눈앞의 조급함에 눈이 멀어 손쉽게 루틴을 깨버리는 관성에 젖어 있지 않았는지 반성해본다. 나의 무력한 관성을 깨뜨리기 위해서는 관성을 능가하는 힘이 필요하다. 결국 삶에 항상성을 들이는 일은 나의 의지와 결단을 요하는 일임을 깨닫는다. 단호함이 조급함을 밀어내야 그 자리에 여유가 들어올 수 있다. 오늘 나의 일기장에는 쇼펜하우어의 말을 적어두었다.

"생각의 서랍 중에서 한 개를 열 때에는 다른 모든 것을 닫아

두어야 한다. 무겁게 짓누르는 하나의 걱정거리 때문에 현재의 사소한 즐거움을 위축시켜 마음의 평정을 잃지 않고, 하나의 생각이 다른 생각을 밀어내지 않으며, 하나의 중요한 일을 걱정하느라 사소한 일들을 소홀히 하지 않는다."[*]

＊   강용수, 《마흔에 읽는 쇼펜하우어》, 유노북스, 2023.

고마움을
지켜내는 마음

"화장실 들어갈 때와 나올 때 다르다더니 정말 그런가봐."

얼마 전 사업을 하는 친한 동생과의 식사 자리에서 동생은 자신이 겪은 서러움을 토로했다. 자신은 가능하면 주변 사업가들에게 좋은 기회를 소개하고 협업을 제안하기도 하는데, 도움을 받을 땐 세상 더없이 고마워하고는 정작 도움을 청하면 나 몰라라 한다는 것이다.

그래서 나는 고마움을 오래 간직하는 사람이 좋다는 말을 했다. 미안함과 고마움은 모두 저절로 생겨나는 마음이 아니다. 어떤 사건으로 말미암아 벌어지는 일종의 이벤트 같은 감정인데, 둘 중 보다 격정적으로 느껴지는 건 미안함이다. 실수를 해서 또는 약속을 지키지 못해서 등 이유는 실로 다양하겠지만 타인에게 잘못을 했다는 이유로 생겨나는 미안함은 스스로에게도 불편한 감정이다. 그래서 그런지 사람들은 미안함과 고마움 중에서 미안함을 상대적으로 오래 기억한다. 고마움은 그 순간만큼은 강하게 가슴을 칠지 몰라도 특별한 노력을 기울이지 않고 자연스레 내버려두면 언제 그랬냐는 듯 사그라져버린다.

불교에서는 '무주상보시(無主相布施, 상을 바라지 않고 남에게 베푸는 행위)'를 가르치며 내가 남을 도왔다는 것조차 잊으라 하지만 열반에 이르지 못하는 어리석은 중생들은 딱히 어떤 대가나 사례를 기대한 도움이 아니었다 하더라도 도움 준 사실을 쉽게 잊지 못한다. 그리고 나의 기억과 타인의 기억이 어긋난 그 자리에는 섭섭함이 자라난다.

고마운 마음을 섭섭함으로 돌려주고 싶지 않아서 의식적으로라도 고마웠던 일들을 되새김질하며 기억하고 표현하려 노력한다. 꺼져가는 촛불을 애써 살려내듯 손으로 감싸고 호호 불며 지켜낸다. 물론 바쁜 일상 속에서 옅디옅은 마음을 기억하고 지켜낸다는 게 쉬운 일은 아니다. 그러니 내게 고마움을 두고두고 기억해 표현하는 사람을 보면, 내면에서 하지 않아도 될 노력을 애써 했을 게 떠올라서 그를 좋아하지 않을 수 없다.

타고 나길 예민하고 섬세한 나는 둔감한 사람을 동경하지만 편하게 살고자 하는 욕구를 제쳐두면 적어도 타인에게만큼은 섬세한 사람으로 남고 싶다. 타인에게 섬세하다는 건 상상력, 절제력, 기억력이 좋다는 뜻이다. 배려를 하기 위해서는 상대의 상황이나 감정을 미루어 짐작하는 상상력이 전제되어야 하고, 자신의 편의대로 감정이 흐르지 않게 의식적으로 조절할 수 있는 절제력 역시 필요하다. 더불어 상대가 했던 말과 행동을 기억하는 기억력도 뒷받침되어야 한다.

그날 내게 서러움을 토로했던 동생은 커피를 마시지 않는다는 나의 말을 기억하고, 나와 만날 때면 항상 약속 장소 근처에 괜찮은 찻집이 있는지 찾아보는 고마운 친구다. 그런 섬세한 마음을 가진 사람이니 생채기가 생긴 것도 당연하다.

아쉽게도 살면서 다른 사람의 상황과 감정에 관심이 없는 사람을 피할 수 없고, 타인의 시간과 노력을 귀하게 여기지 않는 무심함, 고마움에 대한 재빠른 망각, 자신의 편의에만 몰두하는 태도들로 불쾌한 일들을 겪게 된다. 그러나 그들처럼 되기에는 타고난 성정이 그렇지 못하고, 무엇보다 자존심이 허하지 않는다. 그렇다고 그들을 바꾸거나 매번 힐난할 수 없는 노릇이니 할 수 있는 건 섬세한 나의 사람들을 귀하게 여기며 서로 고마워하고, 위안하며 사는 일 아닐까.

가끔은 서로가 서로의
상처를 보듬는다

우리집 서재 한 켠에는 캔버스 20호 정도 되는 크기의 내 초상화 한 점이 걸려 있다. 누군가 우리 집에 온다면 "네가 나르시스트냐, 연예인이냐?"라며 놀려댈지 모르지만 내게는 어느 작품보다 소중하다.

간혹 변호사로서 처리한 사건 중에 가장 인상 깊었던 사건이 무엇이냐는 질문을 받는다. 분위기상 왠지 영화 속 히어로처럼 불의와 싸워 곤란에 처한 의뢰인을 짜잔 하고 구해준 극적인 스토리를 말해야 될 것 같은 기분이다. 하지만 그런 질문을 받을 때마다 머릿속에 떠오르는 건 노력에 비해 결과가 아쉬웠던 사건, 미련과 후회를 곱씹어보게 되는 사건이다. 그리고 그중에서도 아픈 손가락처럼 생각할 때마다 애틋해지는 의뢰인이 있다.

4년 전 겨울, 크리스마스를 며칠 앞둔 날 20대 중후반으로 보이는 여성이 사무실에 찾아왔다. 작가였지만 지금은 작품 활동을 하지 않는다고 밝힌 그녀는, 대뜸 빼앗긴 자신의 작품을 되찾고 싶다고 했다. 그러고는 잔뜩 긴장한 채 더는 말을 잇지 못하고 한

숨만 내쉬었다. 변호사 사무실에 찾아오는 사람들 대부분은 살면서 변호사를 만날 일이 없다 보니 누구나 긴장한다. 더군다나 그녀는 아직 어린 나이이니 긴장한 건 더욱 당연했다. 변호사는 의뢰인이 스스로 할 말을 정리할 수 있도록 차분히 기다려줘야 할 때도, 어디서부터 어떻게 말을 시작할지 모르는 의뢰인이라면 차근차근 질문을 하면서 답을 할 수 있도록 이끌어줘야 할 때도 있는데, 그녀는 후자였다. 주먹을 힘껏 쥐고 있는 손을 보니 그녀 안에 할 말은 가득한데 작은 입으로 서로 먼저 나가겠다고 비집고 나오려다 병목 현상이 생겨버린 듯했다. 그런 그녀가 자신의 이야기를 할 수 있도록 차분히 달래며 길을 터주었다.

미대를 졸업하고 전업 작가를 꿈꾸던 그녀는 자신의 작품 스타일을 눈여겨본 미대 교수의 제안에 따라 커미셔닝 작업*을 해왔다고 한다. 교수를 통해 작품을 주문한 사람 중에는 이름이 알려진 작가도 있었다. 그 작가는 작품을 몇 차례 구매했고 나중에는 그녀의 것을 자신의 작품에 활용하고 싶어했다. 가격 흥정은 물론 작품 활용에 관한 소통은 온전히 교수의 몫이었고, 그녀는 인정받았다는 생각에 그저 시키는 대로 열심히 작업할 뿐이었다. 그런데 시간이 갈수록 남을 위해 그림을 그려야 하는 상황에 회의감이 밀려왔고, 결국 꼭두각시놀음을 그만두겠다며 작업실을 뛰쳐나왔다. 그렇게 애써 과거를 잊고 살던 중 자신의 작품이 작

* 작가에게 돈을 지불하고 원하는 작품을 주문하는 형태.

가의 작품에 사용된 것을 보았고, 작품을 되찾고 싶다는 마음으로 나를 찾아왔다.

"그 과정을 알 수 있는 증거들은 있나요?"

사연을 듣고 억울하겠다는 생각이 들었지만 마음을 차분히 다잡고 처음 한 말은 증거가 있냐는 질문이었다. 변호사는 의뢰인의 말을 들을 때면 의심의 레이더가 켜진다. 좋게 말하면 '비판적 사고'라고 할까. 의뢰인의 말이 전부 진실이 아닐지도 모른다는 생각, 기억에 오류가 있거나 각색되었을 가능성을 놓치지 않는다. 의뢰인을 판단하거나 믿고 싶지 않아서가 아니다. 사람은 누구나 본능적으로 자신에게 유리하게 말하고, 기억에는 한계가 있기 때문이다. 자칫 의뢰인의 감정에 이입해 사실관계를 간과했다가 소송에서 복병으로 당할 수 있어 사실관계를 다 파헤치기 전까지는 모든 걸 진실로 받아들이기 어렵다. 의뢰인 주장의 논리적 오류와 상대가 반론할 여지를 미리 계산해두어야 방어도 할 수 있다.

내 질문에 그녀가 짐짓 의연한 표정으로 자료를 내밀었다. 자기 나름대로 증거로 쓸 수 있는 자료를 준비해 온 것이었다. 애써 찾아온 자료들을 보니 상처받은 그녀를 도와주고 싶었다. 그런데 자료를 검토한 결과 우리의 무기(증거)에는 몇몇 공백이 존재했고,

상대방의 반박이나 법리적 다툼이 생길 여지도 충분히 예상됐다. 문제는 수사든 재판이든 법적 절차는 '진실'이 아니라 '사실'을 밝히는 과정이라는 점이다. 수사기관과 법원에 나의 말이 진실이라고 받아들여지기 위해서는 그를 뒷받침하는 증거가 필요하고, 그때 비로소 '사실'이 된다. 그럼에도 그녀는 싸워보겠다고 했다. 싸우지도 않고 덮기에는 숨이 쉬어지지 않을 만큼 힘이 든다고.

결국 교수와 작가를 상대로 형사고소를 진행했고 그 어떤 사건보다 애정과 마음을 쏟아 싸웠다. 그러나 약 6개월 동안 이어진 싸움의 결과는 안타깝게도 '혐의 없음[증거불충분]'이었다. 경찰이 불송치한 이유를 살펴보니 처음부터 예상한 반론도 있었지만 어떤 이유는 납득하기 어려웠다. 변호사로서 더 싸워보고 싶은 마음이 굴뚝같았지만 변호사는 의뢰인의 의사에 따를 수밖에 없는 존재. 법적 싸움을 한다는 것 자체가 비용이며 시간이며 무엇보다 심신의 에너지를 소모하는 일임을 너무 잘 알기에 거기서 멈춰야 했다.

"변호사님은 고생을 많이 하셔서 어떠실지 모르겠지만 저는 개인적으로 변호사님을 알게 되어 다행이라고 생각합니다. 일단 미술 관련 전문 변호사가 정말 없기도 하고 겨우겨우 몇몇 변호사를 찾아서 의뢰했지만 아예 답변조차 받을 수 없었어요. 시작 전부터 힘든 싸움이었고 역시 쉽게 흘러가지 않는다고 느끼지만 변호사님 덕분에 정말로 많은 힘이 되었습니다. 지금은 해볼 수 있는 건 거의 다 해봐서 아쉽지는 않아요. 전에는 온 세상이 절 바보라고 하는 것 같았거든요. 포기하라는 사람도 많고 남 일이라고 생각보다 관심도 없고. 그런데 변호사님이 발 벗고 나서 주셔서 감사했어요. 말주변이 없어 감사하다는 표현밖에 못하지만 항상 진심으로 감사합니다."

상처를 치유해주지 못했다는 미안함과 아쉬움은 나 스스로 해결해야 하는 업보였는데 도리어 그녀는 장문의 메시지로 나를 위로했다.

그 뒤로 1년쯤 지났을 때였다. 경찰의 수사 결과가 나온 이후에도 다른 사건으로 그녀와 종종 연락을 주고받았는데, 그날은 나에게 줄 것이 있다며 찾아오겠다고 했다. 그녀를 긴장하게 만들었던 딱딱한 사무실에서의 첫 만남이 계속 마음에 걸려 그날은 근처 카페로 약속 장소를 잡고 기다리고 있었다. 얼마 지나지 않아 그녀가 양손으로 무언가를 들고 낑낑대며 카페에 들어섰다. 폭이 그녀 몸통의 두 배는 되어 보이는 큼지막한 캔버스였다. 둘러 있는 포장재를 뜯으니 그녀가 그린 나의 얼굴이 그 안에 있었다. 나의 프로필 사진을 그녀만의 스타일로 그린 그림. 첫 만남에서 한 자기소개처럼 그녀는 작업실을 뛰쳐나온 이후로 연필만 잡아도 구역질과 불안증이 올라와 그림을 그리지 않았다고 한다. 5년이 넘도록 그리기를 내려놓았다가 처음으로 다시 그린 그림이라며 내민 것이 바로 나의 초상화였다. 그녀는 내 덕분에 아픈 과거를 떨칠 수 있었고, 고마운 사람의 얼굴을 그려봐야겠다는 의지가 작업을 다시 시작할 수 있는 용기가 되었다며 고맙다 했다.

그림을 받아들고 무슨 말을 할 수 있었을까. 그건 초상화 그 이상의 의미였다. 괜찮다고, 당신 열심히 한 건 내가 다 안다고 내 마음속 죄책감을 씻어주는 것 같았다.

변호사도 일을 하다 보면 의뢰인에게 상처를 입는다. 최선을 다했어도 좋지 않은 결과가 나오면 변호사를 탓할 때도 있고, 좋은 결과로 이끌었어도 당연한 결과라며 모른 척하는 사람도 많다. 그런데 그녀는 그간 입은 내 상처들을 보듬어주었다. 가슴을 덜컥 울리는 묵직한 감동에 그냥 웃기만 했지 아무 말도 하지 못했다.

"작가님, 여기에 작가님 사인하셨죠?" 멋대가리 없어 보이지만 꼭두각시놀음에 상처받은 그녀에게 꼭 해주고 싶은 말을 겨우 내뱉었다. 이 그림은 누구도 아닌 당신의 작품이라는 것, 세상에 이 그림이 당신의 작품임을 당당하게 알리라는 지극히도 변호사스러운 말.

입만 열면 변호사 그만 두겠다는 말을 달고 살지만, 그 순간만큼은 변호사 되길 잘했다 싶었다.

멈추다

공부의 위로*

ㅇ, ㅑ, ㅇ, ㅈ, ㅏ.

유튜브 검색창에 양자역학의 '양자'만 쳐도 기존 검색 이력으로 만들어진 알고리즘 때문인지 양자역학과 관련된 단어들이 자동완성으로 주르륵 뜬다. 갑자기 웬 양자역학이냐고? 최근에 몰두해 공부하는 대상이 바로 '양자역학'이다. 변호사가 무슨 일로 양자역학을 공부하느냐 묻는다면 "그냥", 조금 더 길게 대답한다면 "알고 싶어서"다. 물론 관심을 갖게 된 계기는 있다. 평소 독서 편식이 심한 터라 약간의 강제력을 동원하면 새로운 분야의 책을 읽지 않을까 싶어서 난생처음 독서 클럽을 만들었다. 매달 한 권의 책을 선정해 정해진 분량을 읽으며 각자의 감상을 남기고 의견을 교환하는 방식인데, 이번 달에 선정된 책의 주제가 바로 '양자역학'이다.

양자역학은 SF 영화에서 간혹 언급되지만 그게 무엇인지에 관

---

* 무용한 공부로부터 위로를 받는 또 다른 이가 있음에 위로받았던 책의 제목에서 따왔다. 곽아람, 《공부의 위로》, 민음사, 2022.

해서는 단 한마디도 말할 수 없을 정도로 아무런 배경지식이 없던 나였기에 '하얀 건 종이, 검은 건 글자'로 보여 한 페이지도 수월하게 넘어가지 않았다. 처음에는 책을 읽기 위해서 이해에 도움이 되는 책과 영상들을 찾아본 것이었는데, 이제는 알지 못했던 세계에 대한 흥미가 끝없이 가지를 뻗어가게끔 날 떠민다(그리고 그 놈의 유튜브 알고리즘은 '이런 것도 있는데, 볼래?' 하면서 날 가만두지 않는다). 그러다 보니 물리학자에 관한 책, 영화, 심지어 논문까지 찾아보고 있다.

이런 나를 두고 친구 하나는 "적당히 하고 잠 좀 자라"며 타박했고, 또 다른 친구는 지겹도록 공부하고도 여전히 공부를 좋아하는 내가 신기하다고 했다. 그럴 만도 한 게 뭐 하나에 빠지면 들입다 파는 성격인지라 드라마 하나를 보더라도 역사적 배경을 찾아보느라 밤을 새고, 사케에 꽂혀 '발효'와 일본 각 지역 물의 경도까지 공부하니 말이다.

비록 학문을 깊이 탐구하는 직업을 가지진 않았지만 친구 말처럼 공부라는 건 진절머리 날 정도로 해왔다. 고시생 시절에는 샤워하면서도 공부할 수 있게끔 시험 범위를 요약해 코팅한 후 샤워 부스에 붙여두기도 했다. 다만 지금의 공부와 다른 점이라면 의미가 다르다는 것. 학생 때는 시험에서 좋은 성적을 얻기 위해서, 고시생 때는 시험에 합격하기 위해서 공부했지만 지금의 '자기주도적' 공부는 어떤 목표와 목적이 없다. 오로지 나의 호기

심과 자기만족을 위해서 공부하면 그만이다. 비록 세속적 냄새가
짙게 밴 공부였다 할지라도 학창 시절 공부를 열심히 했던 것에
후회는 없다. 배움의 의미와 가치를 알고 공부를 했더라면 좋았
을 텐데 하는 아쉬움만 있을 뿐이다.

　예전에 SNS에 공부 말고는 의지대로 할 수 있는 게 없다는 글
을 썼더니 공부 잘했다고 잘난 체하는 거냐며 주변인들에게 질
타를 받았다. 그러나 이 생각에는 변함이 없다(돌 던지고 싶은 분은 끝까
지 읽어주시길).

　공부가 제일 쉽다는 사실을 깨달은 건 서른이 넘어서였다. 성
인이 되면 슬프게도 많은 부분에서 가능성이 닫힌다. 자기계발서
에서는 한계란 없다고, 꿈꾸고 '노오력'하면 무엇이든 이룰 수 있
다고 하지만 야속하게도 현실은 현실이고, 안 되는 건 안 된다. 의
지와 노력만으로 뚫고 나가기에는 탱크로도 부술 수 없는 장애
물이 가득하다. 제아무리 운동을 열심히 한다고 한들 키가 자라
는 것도 아니고, 밤낮으로 노력한다고 일론 머스크만큼의 통장
잔고를 가질 수도 없다. 심지어 연애나 인간관계도 내 뜻대로 흘
러가지 않는다.

　게다가 좀처럼 종잡을 수 없는 변수와 사방에서 날아오는 불
확실성은 불굴의 의지와 노력으로 무장한 이도 주저앉게 만든다.
내가 하는 변호사 업무만 봐도 그렇다. 소송은 언제나 불확실성
과의 싸움이다. 혼신의 힘을 다해 소송을 수행해도 승소를 보장

할 수 없고, 소송 중에 어떤 증거와 사실관계가 튀어나올지 모른다. 또 상대방 대리인이 진상일 수도, 가혹한 재판부를 만날 수도 있다.

그런데 가만히 생각해보면 뇌는 물리적 한계 없이 원하는 만큼 확장시킬 수 있다. 물론 사람마다 기억력과 속도의 차이는 있겠지만 원한다면 물리학, 종교학, 의학 등 어떤 분야라도 지식을 넓혀 나갈 수 있다. 책을 많이 읽는다고 몸무게가 늘지도 않고, 공부는 자격을 요하지도 않는다. 요즘은 휴대전화로 모든 것을 볼 수 있어 돈이 많이 들지도 않는다. 공부는 시간과 노력을 투입한 만큼 정직하게 나의 지식으로 쌓이니(설사 쌓이지 않더라도 뇌에 미세한 흔적 하나는 남기고 갈 테니) 그런 면에서 공부는 어쩌면 이 세상에서 유일하게 의지대로 할 수 있는 일일지도 모른다. 그리고 모르는 것이 많다는 건 그만큼 앞으로 알아갈 것들이 많다는 의미이기도 하다. 꽉 닫힌 성장판과 비교해 얼마나 위로가 되는가.

"공부가 깨끗해."

홍상수 감독의 영화 〈밤의 해변에서 혼자〉에 이런 대사가 나온다. 맞다. 공부는 깨끗하다. 일이 뜻처럼 되지 않을 때, 통제할 수 없는 시련에 무력감이 덮쳐올 때, 그럴 땐 슬그머니 공부의 그늘로 숨고 싶어진다. 먹고사니즘과는 전혀 상관없는 분야를 공부하기도 하고, 요리책을 읽으며 새로운 향신료와 식재료 이름을 외우거나, 우주의 생성에 관한 영상을 찾아 지구의 기원을 탐구하기도 한다. 물론 학창 시절에 비해서 습득하는 속도와 기억력이 확연히 나빠졌지만 그럼에도 낯선 지식을 얻었다는 사실은 팍팍한 일상을 버티게 하는 작고 소중한 성취감이 된다. 대단한 학문적 탐구가 아니라 손톱만큼의 쓸모도 없는 단편 지식이라 하더라도 새로운 걸 알게 되면 보이지 않던 걸 볼 수 있고, 들리지 않던 걸 듣고, 말할 수 없던 걸 말하게 될 수 있게 된다. 마치 막다른 곳에 길이 생기고, 꺼져 있던 불이 켜지는 것처럼.

최근에 학습지를 푸는 성인들이 늘었다고 한다. 어릴 적 하던 영어나 한자 학습지를 풀며 마음의 위안을 얻는다고 하는데, 빨간 색연필로 채점하며 자신의 노력을 가시적으로 확인받고자 하는 그들도 아마 나처럼 무력감에 위축된 어른일 거다. 공부에서 위로를 받는 나를 보고 누군가는 현실도피라고, 또 누군가는 모범생으로 살던 유년기 시절의 영광을 버리지 못했다고 손가락질할지 모른다. 그런데 아무럼 어떤가. 뜻대로 되지 않는 세상에서 무엇인가를 뜻대로 하며 작게나마 위로받을 수 있다면 그걸로 충분하다. 자, 이제 돌을 던지세요.

완벽하다는 것

　나의 일상은 스트레스와의 전쟁이다. 스트레스 요인의 8할은 일이지만, 외부 상황만 탓하기에는 타고난 성격 때문인 것도 있다.

　세상에 힘들지 않은 일이 어디 있겠냐마는 어설픈 완벽주의로 남들보다 더 많은 스트레스를 받는다. 이메일에 오타 하나라도 발견한 날에는 이불 속에서 발차기를 할 정도로 작은 실수에도 괴로워하고, 무엇보다 상황이 의도대로 되지 않는 걸 견디지 못해 짜놓은 계획이 어긋나면 쉽게 당황하고 무력해지곤 한다. 달리 말하면 통제할 수 없는 상황을 맞닥뜨렸을 때 느끼는 두려움이 있다.

　평론가 마크 피셔(Mark Fisher)는 인간이 가진 가장 강력한 형태의 욕망은 낯선 것, 예상하지 못한 것, 기이한 것에 대한 갈망이라고 했는데, 내게는 (적어도 일에 있어서는) 그런 욕망이 없나 싶을 정도로 어긋나거나, 비뚤어지거나, 뜻밖이거나, 틀리는 것에 겁을 먹고 항상 만반의 준비를 한다. 그리고 완벽을 향한 강박은 자연스레 완벽하지 않음에 대한 걱정으로 이어진다. '틀리면 어떡하지?', '안 되면 어떡하지?', '망하면 어떡하지?' 같은 불안을 늘 안고 사니 밤마다 잠을 제대로 이루지 못하는 것도 당연하다.

성격이 이 모양인데 직업마저 결과를 내야 하는 변호사다. 법률 분쟁은 마치 살아 움직이는 유기체 같아서 수학 문제처럼 공식에 주어진 숫자만 대입한다고 풀리지 않는다. 어떤 사실관계와 주장이 튀어나올지도 모르고, 우호적 증인이라고 생각했던 이가 정작 재판에 나와 엉뚱한 소리를 할 수도 있고, 간혹 의뢰인의 말이 진실이 아닐 수도 있다. 그리고 무엇보다 최종 결론의 열쇠는 판사나 검사 같은 제3자가 쥐고 있다. 나는 그들을 최대한 나의 쪽으로 설득할 뿐 그들의 마음까지 결정할 수는 없다.

이런 성격으로 가장 괴로운 사람은 나니까 성격을 바꾸려고도 해보았다. 세상 모든 일은 불확실과 불완전이 기본이라며 때론 질책하고 때론 다독인다. 새로운 일을 앞두고 막연한 불안이 찾아오면 잘할 수 있다고, 안 돼도 괜찮다고 마음을 고쳐먹는다. 도리어 규칙과 예상을 깨뜨리는 예술을 동경하고 탐닉하며 위로를 받기도 한다. 그러나 예술이 주는 위안도 일회용 밴드처럼 새로운 감동으로 갈아주지 않으면 금방 너덜해지기 마련이고 막연한 불안에는 저항 없이 굴복하면서 막연한 긍정에는 쉽게 곁을 주지 않는다.

그날도 어김없이 그런 날이었다. 머릿속으로 그려놓은 계획이 내 의지와 달리 어그러지고, 어찌할 수 없는 상황으로 마음 졸였다. 다른 날과 달랐던 건 유난히 더 맥이 풀렸다는 것. 퇴근 후 벗겨진 허물처럼 누르면 부스러질 듯 형체만 겨우 남아 침대에 누웠다. 그리고 유튜브를 열어 동영상을 하릴없이 넘겨보고 있었는데 한 콘텐츠가 내 눈길을 끌었다. 지점토나 폴리머 클레이 등으로 음식 모형을 만드는 영상이었는데, 어찌나 진짜 같던지 맥 빠져 누워 있던 나도 자세를 고쳐 앉게 만들었다.

만드는 대상에 따라 재료는 조금씩 달랐지만 10분 남짓(물론 실제로 만드는 시간은 10분이 아니라 그 10배도 넘는 시간이겠지만)의 영상 속에서 점토로 조물조물 모양을 만들고 여러 도구로 무늬를 내고 물감이나 파스텔로 색을 칠하니 먹음직한 일식 돈가스가, 아이스크림이, 치킨이 만들어졌다. 모형이라고 말하지 않으면 금방이라도 먹으려 달려들겠다 싶을 정도로 진짜보다 더 진짜 같았다.

속으로 '와, 어떻게 저렇게 만들지? 손재주 정말 좋네'라고 감탄하며 바로 '구독' 버튼을 눌렀다. 채널을 훑어보니 역시나 구독자 50만 명에 평균 조회 수는 100만 회가 넘는 인기 채널이었다.

'구독자가 50만 명이 넘으면 수익도 꽤 될 텐데. 이런 거 하면 사람한테 치여서 상처받을 일도 없겠지? 손재주가 좋으면 얼굴 한 번 비추지 않고 돈을 벌 수 있구나….'

사람이 지치면 사고도 단순해진다. 유튜버라고 고충이 없지 않을 텐데 남다른 손재주가 부러워지는 순간이었다. 한자리에서 10개가 넘는 영상을 연달아 봤다. 눈을 휘둥그레지게 만드는 손재주도 손재주지만 영상을 계속 보게 하는 건 유튜버가 모형을 만들며 하는 말들이었다. 일을 그만 두고 유튜버가 된 과정, 입시에 실패한 경험, 유튜버가 되기 전 사람들과의 경쟁에 힘들었던 일 등 자못 진지한 이야기들을 무겁지 않고 덤덤하게 풀어나가는 걸 듣고 있으니 그 또한 위로가 되었다.

"사람들이 제가 만드는 모형이 진짜보다 더 진짜 같다고 놀라거든요? 완벽하다고 칭찬해줘요. 심지어 모형을 만드는 분들도 그런 걸 물어요. 같은 재료를 썼는데 자기 건 뭔가 부자연스러운지 모르겠다고요. 그런데 그거 아세요? 사람들은 완벽한 게 칼로 딱 재단한 것처럼 빈틈없는 거라 생각하는데요. 진짜 완벽한 건 불규칙해요. 삐뚤고요. 대칭도 안 맞고 울퉁불퉁해요. 여기 케이크의 크림도 어디는 흘러내리고 어디는 조금 더 눌려 있죠? 다 우연이 겹쳐져 자연스러운 거예요. 그러니까 계획한 것처럼 한 치의 오차 없이 크림 모양을 내면 어색한 거죠. 그래서 전 불규칙하게 표현하려 노력하는데 그게 사람들 눈에는 완벽해 보이나 봐요."

뒤통수를 한 대 맞은 듯했다. 완벽한 건 불규칙한 거라니. 우연이 겹쳐져서 자연스러운 거라니. 삶에서 빈틈과 우연을 몰아내야 완벽해진다고 생각한 나의 사고가 우르릉 쾅쾅 교향곡처럼 소리를 내며 무너지는 순간이었다. 불확실과 불완전이 기본값으로 설정된 거라고 스스로 수백 번 다독여도 와닿지 않던 말이 우연이 겹쳐서 흘러내리는 케이크 모형을 보고서야 비로소 와닿았다.

그동안 나는 완벽을 추구하며, 어긋나거나 틀리지 않으려 노력했다. 하지만 노력은 의도를 엇나가고, 과정은 의도를 빗나가며, 기다린 결과는 우연에 맡겨져 있다는 사실에 의연해지는 일, 어쩌면 그게 내가 해야 했던 노력이 아니었을까.

어제 퇴근길, 빌딩 숲 사이의 폭이 1미터 남짓한 좁은 공간에 벚꽃이 피어 있었다. 한쪽 가지는 에어컨 실외기 때문에 더 뻗어 나가지 못하고 실외기를 교묘히 피해 위로 휘었는데, 그 휜 가지에서도 벚꽃이 핑크색 팝콘처럼 피었다. 벚나무가 그 좁은 공간에서 살아남았다는 사실이, 가지 한쪽이 삐뚤어졌을지언정 맞닥뜨린 우연에도 의연하게 할 일을 하는 모습이 대견해 보였다. 완벽은 이런 것이었다.

가끔씩 완벽에 대한 강박이 스멀스멀 차오를 때면 빌딩 사이에서 비뚤게 자란 벚나무처럼 의도대로 되지 않는다 할지라도 우연이라는 파도에 몸을 맡기고 그 속에서 내가 할 수 있는 건 의연히 대처하는 일임을 되새긴다.

불면의 밤을
맞이하는 방법

어젯밤도 잠을 못 잤다. 주기적으로 불면의 밤이 찾아오는데 어제가 바로 그런 날이었다. 잠이 오지 않는 이유는 전날 카페인이 든 음식을 먹었다든지 여러 가지가 있지만 대부분은 불안과 초조 때문이다. 때로는 이유 없이, 때로는 나름의 이유로 불안한데, 한 번 찾아온 불안은 꼬리의 꼬리를 물고 이런저런 생각들과 함께 부유물처럼 머릿속을 떠다녀 마음 편히 눈이 감기지 않는다. 오랫동안 치우지 않은 방처럼 머릿속이 조잡하게 엉클어진 느낌.

어두워지면 유난히 불안해지는 이유는 뭘까? 어디서 듣길 밤이 되면 기분을 좋아지게 하는 세로토닌이 줄어든다는데 그 때문인 것 같기도 하고, 낮에는 시각이 분산되며 딴 곳으로 흩어진 주의가 앞이 보이지 않는 어둠에 둘러싸이면 오로지 내 머릿속만 들여다보기 때문인 것 같기도 하다.

불면의 밤도 나름의 패턴이 있다. 어떤 날은 괜한 심란함과 초조함이 느껴져 숨이 약하게 가쁘고 심장이 콩닥댄다. 대개 기한에 쫓기거나 압박감을 느끼는 일을 앞두고 있을 때다. 또 어떤 날은 주변을 둘러싼 모든 일이 걱정된다. 명색이 12년 차 변호사지만 매 사건마다 긴장되고 부담되는 건 여전하다. 누구도 결과를 장담할 수 없고, 예상치 못한 일들이 팝업창처럼 툭툭 튀어나오는 게 '소송'이라는 걸 잘 알면서도 여전히 익숙해지지 않고 진행하고 있는 사건이 걱정되어 마음을 졸인다. 좋은 결과를 내게 하는 원동력일지 모르겠지만 '이렇게 되면 어쩌지?', '상대방이 저렇게 주장하면 어쩌지?' 머릿속으로 갖은 경우의 수를 세워두고 공격과 방어를 하며 씨름한다. 그렇게 하나의 사건이 떠오르면 다른 사건들도 연달아 떠오르고, 혹시나 예전에 처리한 일에 실수가 있지 않을까 반추해보다 심지어 전날 보낸 업무 메일에 빠뜨린 문구가 있는지까지 곱씹어본다.

줄줄이 이어지는 걱정은 자연스레 변호사로서의 정체성이나 미래에 대한 고민으로 연결된다. 남들은 전문직이면 먹고사는 일은 걱정 없을 거라 생각하겠지만 변호사도 나를 찾는 이가 있어야 수입이 생기고, 수동적으로 '간택'당하는 입장이니 지금 잘 나간다고 해도 이것이 언제까지 계속된다는 보장이 없다. 여느 자영업자처럼 불안정함을 숙명처럼 이고 살아야 한다.

'뉴스를 보면 매년 변호사가 1,500명씩 쏟아진다는데 협소한 우리나라의 법률 시장에서 과연 변호사의 미래는 어떻게 될까?', '다른 변호사들과의 경쟁에서 이길 수 있을까?', 'AI는 또 어떤 영향을 줄까?' 등 딱히 답이 나오지도 않는 문제에 식은땀을 한바탕 쏟고 나면 그때부터는 '엊그제 옆구리가 쿡쿡 쑤셨는데 혹시 큰 병이면 어쩌지', '부모님이 편찮으시면 어쩌지'처럼 나와 내 주변인들의 건강과 장래까지 걱정하는 지경에 이른다.

밤새 골몰했던 근심거리들을 글로 펼쳐내고 보면 참으로 막연하고 유치한 걱정을 하는 사람처럼 보이지만(사실 일부 그런 면도 없지 않고) 어두운 밤에는 그 모든 걱정과 불안이 몸에 닿는 침대 시트의 감촉만큼이나 현실적이다. 날이 밝으면 햇볕에 빨래가 마르듯 근심 걱정도 마르며 그렇게까지 걱정을 할 일은 아니었다고 겸연쩍어 하면서도 밤이 되면 이부자리는 또다시 눅눅하게 불안을 머금고 있다.

나라고 불안의 밤에 그저 당하고만 있는 것은 아니다. 떨쳐내려 나름대로 여러 시도를 한다. 심장이 콩닥거릴 땐 어느 정신 건강학 책에서 본 대로 천천히 심호흡을 하고, 유튜브에서 자연의 소리를 찾아 듣는가 하면 말없이 농사짓거나 요리를 하는 극적이지 않은 동영상을 보면서 마음을 진정시킨다.

그러나 이 방법들도 소용없는 아주 고약한 날이 있다. 그럴 땐 자려는 마음을 버리고 몸을 움직이는 게 최선이다. 손을 움직이고, 주의를 다른 곳에 기울이는 일만큼 마음속 불안과 걱정을 잠재우는 데 효과적인 방법은 없다. 가수 아이유가 한 인터뷰에서 우울할 때는 몸을 바삐 움직여서 머리가 우울할 틈을 주지 않으려 한다고 했는데, 그건 겪어본 자만이 할 수 있는 말이다.

　심상치 않은 번뇌의 밤이 시작될 것 같은 날에는 화과자를 빚는다. 5년 정도 되었을까. 유튜브에서 일본 장인이 화과자를 빚는 영상을 우연히 보고 앙금으로 알록달록하게 사계절을 표현하는 화과자가 예뻐 보여서 배우게 되었다. 손으로 조몰락거리는 걸 좋아하는 내 적성에 딱 맞는 취미다.

　화과자는 시간과 노력이 많이 필요한 간식이다. 사실 들이는 수고만 봐서는 취미보다는 노동에 가깝다. 화과자의 주된 재료인 콩 또는 팥을 불리는 데만 6시간 이상, 불린 콩을 삶고, 삶은 콩을 고운 체에 거르고, 설탕과 함께 약불에 덖어 앙금을 쑤고, 그렇게 만들어진 앙금으로 화과자를 빚는데 보통 10시간 이상이 소요된다. 화과자도 이제는 비교적 대중적인 취미가 되어서 전자레인지를 이용해 간단하고 편리한 방법으로 만드는 사람들도 많아졌다. 하지만 뭐든 할 거면 제대로 하자는 성미 때문에 구태여 어렵고 고된 방식을 따른다.

　영화 〈앙: 단팥 인생 이야기〉에서 도쿠에 할머니는 센타로에게 "팥의 소리를 들어야 한다"며 팥이 끓는 동안에도 자리를 뜨지 않고 솥 옆을 지킨다. 영화 속 연출은 결코 과장이 아니다. 팥은 오래 삶는다고 되는 게 아니라 10분마다 불을 끄고 물을 갈아주기도 하고, 팥의 상태를 보며 불 조절도 해야 한다. 설탕과 함께 약불에 덖을 때는 타지 않도록 주걱으로 끊임없이 저어야 한다. 꼭두새벽에 그러고 있노라면 허리는 끊어지고 어깨 근육은 엉겨 붙은 느낌이다. 하지만 아기 엉덩이처럼 보드랍고 복숭아 솜털처럼 포슬포슬하게 완성된 앙금을 보면 마음만은 개운하다.

이제부터는 귀하게 얻은 앙금으로 모양을 낼 시간이다. 앙금은 설탕 외에 어떠한 보존제도 들어가지 않아서 보관도 길어야 이틀밖에 되지 않는 귀한 몸이다. 더구나 손의 열기에 닿으면 금방 말라버려 손에 오래 쥐면 안 되는데, 약간의 압력에도 쉬이 일그러져서 재빠르면서도 조심스럽게 빚어야 한다. 탁구공 크기만큼 앙금을 떼어 오로지 손과 나무봉만으로 봄이면 벚꽃을, 여름이면 복숭아를, 가을이면 단풍을, 겨울에는 수선화를 빚어낸다.

그렇게 손과 몸을 바삐 움직이는 동안 머릿속은 무념무상이 된다. 간혹 속으로 '이건 예쁘게 잘됐네', '저건 아섭네' 평을 하기도 하지만 눈앞에 있는 앙금에 집중하느라 다른 생각을 할 여지가 없다. 평소 한시도 손에서 놓지 않는 휴대전화이건만 그 긴 시간 동안 시계조차 확인하지 않는다.

창밖이 어스름히 밝아지는 게 느껴지면 새날이 왔음을 안다. 그제야 기지개를 펴고 한숨 돌리는데 내 손으로 빚어낸 화과자를 보고 있자니 갓 건져 올린 아침 해만큼 따끈한 뿌듯함이 올라온다. 진득하니 엉겨 붙어 있던 근심 걱정은 스리슬쩍 어디론가 사라져버렸다.

"팥을 왜 그렇게 유심히 보세요?"

"할 수 있는 걸 하는 것뿐이야."

〈앙: 단팥 인생 이야기〉에서 도쿠에 할머니는 센타로의 질문에 이렇게 답한다. 화과자를 빚을 때는 애먼 미래를 걱정하는 나도, 먹고사니즘에 찌든 나도 없다. 손을 바삐 움직이는 현재의 나 자신만 있을 뿐이다. 도쿠에 할머니처럼 그저 팥을 삶고 덖으면서 눈앞에 할 수 있는 일에 집중하다 보니 화과자 하나에 고민과, 화과자 하나에 근심과, 화과자 하나에 불안이 사라지는 것이다.

때때로 내가 화과자를 빚는다는 사실을 아는 지인들은 화과자는 어떻게 만드는 거냐며 물어본다. 10시간의 공정을 축약해 설명하고 나면 그들은 입을 떡 벌리고 만다. 그러고는 그렇게 고된 취미를 왜 하는 거냐며 묻는데 그때마다 난 아무 말없이 웃는다.

이 글이 그 물음에 대한 답이 될지 모르겠다.

어쩌다 보니
변호사

  황석희 영화번역가의 에세이《번역: 황석희》를 읽다가 나도 모르게 물개 박수를 쳤다. 영화번역가는 어떻게 하게 됐냐는 숱한 질문에 어쩌다 하게 됐다고 고백하는 구절이었다. 먹고살려다 보니 영화번역가가 되었는데 사람들이 대단한 서사를 바라는 것 같아 대답할 때마다 민망하고 부담스럽다는 이야기.

  나 역시 새로운 사람들을 만날 때마다 단골 인사말처럼 어떻게 해서 문화예술 변호사를 하게 됐냐는 질문을 받는다. 그럴 때면 참으로 난감하다. 나 또한 어쩌다 보니 문화예술 변호사가 된지라 좀처럼 어떻게 대답해야 할지 모르겠다. 요즘 발에 차이는 게 변호사라고 하지만 평범하게 사는 사람들로서는 변호사를 업무적으로 만날 일은 드물고, 하물며 문화예술 변호사라고 하면 조금은 색다른 직업 같아 보이기도 하니 그런 궁금증이 드는 것도 이해가 된다.

  황석희 번역가는 뚜렷한 목표를 가지고 도전하는 이들의 자리를 비자발적으로 도둑질하는 듯한 죄책감이 들어 어쩌다가 번역가가 됐다고 말하는 게 주저된다고 한다. 그러나 내가 주저하는 이유는 그보다 속물적이다. 변호사라고 하면 사람들은 전문적인 지식과 숙련을 기대하기 마련인데 어쩌다 보니 변호사가 되었다고 말하면 혹여나 변호사로서의 실력이나 태도가 희석돼 보일까 봐 두려워서다. 서사가 실력을 뒷받침하지 않음에도 사람들은 둘을 동일시하곤 하니까.

한때는 예술가가 되고 싶었던 꿈을 포기하고 그 미련으로 문화예술 변호사를 하게 되었다고 포장 아닌 포장을 한 적도 있다. 물론 거짓은 아니다. 가지 못한 길에 대한 미련과 동경이 동력이 되긴 했지만 뚜렷한 '의지'와 '확신'을 바탕으로 변호사의 길로 선회한 것과는 결을 달리하니 그 포장도 껄끄럽긴 매한가지였다. 어릴 적 꿈이 법률가였던 것도 아닌 내가 그중에서도 콕 집어 문화예술 변호사가 되겠다는 꿈을 가졌을 리 없다. 어쩌다 보니 법대에 진학해 사시를 보게 되었고, 어쩌다 보니 변호사가 되어 지금 이 자리에 온 것이다.

가끔은 업무 메일이나 SNS 메시지로 문화예술 변호사가 되고 싶은데 어떻게 하면 될 수 있는지 알려달라는 질문을 학생들에게 받곤 한다. 뭐라도 말해주고 싶은 마음이 굴뚝같지만 그 물음에도 답을 주지 못한다. 문화예술 변호사는 뭔가 다르리라는 헛된 환상을 심어주고 싶지 않고 무엇보다 딱히 알려줄 게 없다. 따져보면 문화예술 변호사라는 직업의 정체도 모호하다. 문화예술 변호사란 이름 자체도 내가 만들어냈으니 그럴 수밖에. 그러니 문화예술 변호사가 되는 특별한 방도 또한 없다.

수십 억을 호가하는 파인 아트(fine art)가 빈번히 거래되는 유럽과 미국에서는 파인 아트의 거래나 감정, 관련 범죄만 전문적으로 다루는 아트 로이어(art lawyer)가 있다. 그러나 미술 시장 규모가 상대적으로 작은 우리나라에는 특별히 미술 분야만 다루는 변호사가 없었다. 좁은 시장 덕에 나 역시 미술에만 국한하지 않고 공연예술, 패션, 게임, 방송, 영화, 만화, 콘텐츠 영역까지 두루 다루게 되었는데 이를 한데 묶어 표현할 명칭이 필요했다.

지금은 관련 규정이 바뀌었지만 내가 문화예술 분야의 변호사로 일을 시작할 때만 해도 '전문 분야'를 별도로 등록해야만 전문 변호사라고 표기할 수 있었다. 전문과가 나뉜 의사와 달리 제너럴리스트에 가까운 변호사는 전천후 변호를 해야 하기에 전문 분야 등록이 필수가 아니다. 변호사는 기본적으로 모든 법을 다룰 수 있어야 한다. 전문 분야를 등록하면 그 분야만 할 수 있다는 오해를 받아서 오히려 영업상 손해를 입기도 한다는 이유로 전문 분야를 등록한 변호사가 전체 변호사 수의 10퍼센트가 되지 않는다.

또한 형사, 상사, 가사처럼 다루는 '법'을 기준으로 전문성이 나뉘다 보니 분야도 다양하지 않았다. 예술은커녕 콘텐츠도 미술도 분야가 없긴 매한가지라 내 전문성을 나타낼 영역이 없던 것이다. 그중에 그나마 찾자면 '저작권'이 있었지만 그건 업무의 일부에 불과하지 주된 분야로 잡기에는 국소적이었고, '엔터테인먼트'로 하기에는 순수예술이 가려지는 느낌이었다. 그래서 고민 끝에 순수예술, 대중문화예술, 콘텐츠 쪽을 모두 아우른다는 의미에서 '문화예술'이라는 수식어를 붙였고, 그러다 보니 어느덧 문화예술 변호사라 불리게 되었다.

물론 계획한 게 아니라 주어진 상황에 맞춰 자연스레 흘러서 여기까지 온 것일지라도 누가 억지로 자리에 앉힌 건 또 아닐 테니 굳이 흘러온 순간순간을 분절해보면 결과론적인 이유는 댈 수 있겠다. 법률가의 옷을 입고서도 내 자리는 이곳이 아니라는 끊임없는 의심으로 예술 언저리를 배회하던 미련이 예술에 대한 열정과 고집으로, 예술가가 되기에는 지나치게 이성적이고, 법률가가 되기에는 감성적이던 부족함이 이성과 감성의 조화로, 주어진 일은 성실하게 하는 타고난 모범생 병이 변호사로서의 집념과 실력으로 재평가받게 된 케이스라고나 할까. 그리고 오래 끓일수록 깊어지는 곰탕처럼 머물러 있는 시간이 오래됨에 따라 업에 대한 확신과 애정이 깊어지고 있는 것이다.

요즘 SNS를 보면 다들 확신에 찬 목소리로 자신의 경험과 노하우를 판다. 각각의 경험은 특별하겠지만 그렇다고 모든 경험이 특출난 건 아닐 텐데도 단 한 치의 의심 없이 어떻게 본인의 성공

담과 경험담을 말하는지 한편으로는 꼴사납고 또 한편으로는 부럽기도 하다. 그럴 때마다 나처럼 어쩌다 보니 자리를 차지하게 된 사람들은 스스로의 가치를 낮추어 볼 수밖에 없다.

하지만 전략과 계획으로 직선을 그으며 인생을 살아가는 사람이 있다면 점묘화처럼 흔들림이 빚어낸 점들로 인생을 꾸려나가는 사람들도 있다. 후자라고 해서 인생을 대하는 진지함이나 신념이 부족한 건 아니다. 꾸준한 흔들림이 무수히 축적되면 전혀 새로운 족적을 남기게 되기도 하니까.

"하루하루는 성실하게, 인생 전체는 되는 대로"라는 이동진 평론가의 말을 참 좋아한다. 나 또한 내가 묵묵히 지나온 시간과 성실하게 해온 일들이, 주어진 능력과 어찌할 수 없는 운들과 얽히며 인생이라는 천을 짠다고 믿는다. 당장 내년에는 어떤 자리에 가닿을지 모르지만 오늘은 그저 주어진 일에 최선을 다할 뿐이다.

설명하지 않는 삶

이해타산이 빠른 편은 아니지만 직업이 직업인지라 큰 손해는 보지 않고 산다. 합리적 논거와 이유를 찾고 권리와 의무를 말하지만 가끔은 '설명하지 않는 삶'을 보며 숙연해질 때가 있다.

코로나 19가 한창이던 어느 날, 대전 사시는 엄마가 서울에 볼일이 있어 오셨다기에 집으로 모셔왔다. 바쁜 딸 시간 뺏기 싫다는 엄마를 남편과 내가 합세해 겨우 모셨다. 차를 마시는데, 엄마는 아무렇지도 않게 툭 말한다.

"엊그제 할아버지 제사였잖니. 아빠랑 둘이 임실에 다녀왔어."

국가유공자이신 할아버지 제삿날에 맞춰 아빠와 임실 호국원으로 할아버지, 할머니를 뵈러 갔는데 전에는 그러지 않았던 납골당이 코로나 19로 출입이 금지됐다는 이야기였다. 엄마는 할아버지, 할머니께 술 한잔도 올리지 못한 게 내내 마음에 걸려서 집에 돌아오자마자 장을 봐 아빠와 둘이서 다시 제사상을 차리

79

셨다고 한다. 할머니가 좋아하시던 꽃게도 사다가 찜도 하고.

할아버지 제삿날을 잊었다는 민망함에 더해 부모님 두 분이서 제사를 지내셨다는 말을 들으니 미안한 마음까지 밀려왔다. 그리고 부모님을 위한 것도 아닌 오로지 내 미안함을 덜기 위해 엄마를 나무랐다.

"어휴, 뭘 그렇게까지 해. 그냥 간단히 하지. 임실까지 다녀와서 피곤할 텐데."

"제사상 차리는 거야 금방 해. 술 한잔도 못 올리고 돌아오는데 마음이 안 좋더라."

엄마는 맏며느리로 40년 가까이 차례를 지내고 제사를 올렸는데도 그게 싫지 않은가 보다. 이틀 연달아 제삿날이 있으면, 제사에 한 번 올린 음식을 또 올릴 수 없다며 음식을 새로 할 정도로 진심을 다해 그 번거로운 일을 하는 엄마다. 누가 시킨 것도 아닌데 집으로 돌아와 제사상을 다시 차렸다는 엄마 앞에서 할 말이 없었다. 고작 "간단히 하지"라는 말로 죄책감을 덜어내려 한 나의 얄팍함이 한없이 부끄러웠다.

변호사는 법률 전문가랍시고 의뢰인에게 조언하지만 때론 의뢰인에게 인생을 배우기도 한다. 전남편을 상대로 소송하는 의뢰인이었다. 그녀는 전남편과는 이혼했지만 전남편이 전처 사이에서 낳은 아들을 거두어 함께 살고 있었다. 그렇다고 형편이 넉넉하냐, 그것도 아니었다. 피 한 방울 섞이지 않은 일곱 살 아이를 애지중지하며 먹여 살렸고, 60대가 넘은 지금도 고된 일을 하며 서른 살이 훌쩍 넘은 아들을 여전히 부양하고 있었다. 심지어 전 남편, 그러니까 아이의 친아버지라는 사람은 그녀와 이혼하면서 집을 나가버렸기에 제 자식이 그녀와 함께 살고 있는지조차 알지 못했다. 그녀가 전남편과의 결혼 생활 내내 고생했고, 내가 대리하는 소송이 바로 불행한 결혼 생활의 방증이라는 사실을 누구보다 잘 알고 있었다. 그렇기에 대단함보다는 이해할 수 없다는 생각이 앞서 혀를 내둘렀다.

의뢰인이 안타까워 이번만큼은 손해 보지 않게 해줘야겠다는 마음으로 사건을 진행했는데, 나의 진심이 닿았는지 다행히 조정을 통해 잘 처리되었다. 조정위원이 의뢰인에게 "선생님, 복 받을 일 많이 하셨나봐요. 좋은 변호사 만나는 일도 복인데 선생님은 좋은 변호사님 만나셨어요"라고 말하자, 의뢰인은 "네, 그럼요. 우리 변호사님 너무 고생하셨죠"라며 날 추켜세웠다. 분명 날 칭찬하는 말이니 우쭐할 만도 한데 그보다는 뜨끔했다. 그 '복 받을 일'이라는 게 왠지 아들과의 일 같이 느껴졌고 그녀를 이해할 수 없다고 생각한 내 자신이 민망했기 때문이다.

의뢰인은 혈연관계가 없는 아들을 키우면서도 어떤 셈을 하거나 이유를 대지 않았다. '사람의 도리'라든지 '기른 정' 같은 미사

여구로 포장하지도 않았다. 양아들과 함께 산다는 사실을 알고 "어머님, 어떻게 그래요? 아버지도 제 자식을 나 몰라라 하는 마당에…."라고 묻는 내 질문에 그녀는 주름이 깊게 파인 얼굴로 수줍게 웃으며 말했다.

"걔 요만할 때부터 키웠으니 내가 엄마예요."

나이를 먹고 현실에 찌들면서 해야 할 '의무'가 있는 일과 없는 일 구분에 철저해진다. 필요에 의해 해야 하는 일, 내게 도움이 되는 일에는 누구보다 열심이지만 드러나지 않는 일에는 에너지와 주의를 뺏기지 않으려 눈과 귀를 모두 닫는다. 동시에 혹시나 호구가 되지 않을까 경계 태세를 늦추지 않는다. 하지만 제아무리 필요와 실리만 따지며 똑똑한 체해도 바깥세상이 정해준 당위와 이유가 아니라 온전히 마음으로 행동하는 이들 앞에서 나는 아직 삶의 고삐를 온전히 쥐지 못한 어린아이였음을 깨닫는다.

우리는 잘 재단된 권리와 의무, 말끔한 이유와 근거들로 단단하게 정돈된 삶을 좋은 삶이라 한다. 하지만 그건 무르거나 구부러지고, 설명하거나 이해받을 수 없는 삶의 가치를 잘 모르기 때문은 아닐까.

주변인의 삶

　전시 기획사에 다니는 지인과의 식사 자리에서 그는 다음 전시 주제를 무엇으로 해야 할지 모르겠다는 고민을 털어놓았다.

　"전 작가의 주변인이 주인공인 전시를 기획해보고 싶어요."

　모르면 용감하다고, 이때다 싶어 평소에 한 번쯤은 이런 전시도 있었으면 좋겠다고 꿈꿔온 전시 주제를 말했다. 작가의 주변에서 때론 그들을 보듬고, 빛나는 그들을 위해 어둠을 자처한, 가려진 이들이 주인공인 전시 말이다. 작가 회고전에 작가에게 영향을 준 인물들의 이야기가 담기기도 하지만 시점 자체를 '누구의 배우자'나 '누구의 친구'가 아니라 오롯이 '누구'로서 보여준 전시는 없던 것 같다.
　세대를 넘어 사랑받는 예술인들의 삶을 보면 대체로 극적이다. 가난한 삶 속에서도 꺾이지 않는 예술에 대한 열정, 평생을 세속에 더럽혀지지 않고 탈속을 추구하는 곧은 기개, 완전한 고독 속에 스스로를 밀어 넣고 고통을 감수하는 태도, 혹은 그 어느 것에도 얽매이지 않는 자유로움. 범인은 범접할 수 없는 예술가의 삶은 그 자체로 작품이 되고 감동을 극대화한다. 그런데 어느 모임에서 만난 경영학과 교수라는 분은 이런 말을 한 적이 있다.

"전 국가가 예술가들에게 금전적 지원을 하는 게 이해가 안 됩니다. 예술가 중에 누구 한 명이라도 억지로 하는 사람 있습니까? 다 자기가 좋아서 선택한 건데 왜 힘들다, 가난하다, 죽는소리하는지 이해가 안 돼요. 다른 사람들이라고 꿈 없었을까요? 먹고살려고 꿈도 다 접고 생계에 뛰어든 거잖아요. 누군 일하고 싶어서 일하나요?"

이 말을 듣고 속으로 지극히 '경영학과' 교수다운 말이라며 웃어넘겼지만 교수의 말대로 살짝 삐딱한 시선으로 예술가를 바라보면 극적인 삶만큼이나 그만큼 자기중심적인 사람들도 없다. 가난 속에서도 예술에 대한 열정을 불태웠다는 건 생계를 꾸리는 일에 상대적으로 무심했다는 의미이고, 무엇에도 얽매이지 않고 절대적 고독을 추구하는 행위는 달리 말하면 자신만의 세계에 빠져 있었다는 것일 테고, 자유로운 삶은 때론 사회규범을 저버리고 방탕하게 사는 모습으로 비춰지기도 한다.

물론 인습과 관습에 눈치 보지 않고 현실과 타협하지 않는 용기와 의지를 갖는 것 자체가 재능이고 예술혼이며 그것이 예술가를 특별한 존재로 만든다. 하지만 그런 예술가의 곁에서 그들을 지켜보던 사람들의 마음은 어땠을지 궁금해진다.

2023년 성곡미술관에서 열린 《그 너머: 원계홍 탄생 100주년 기념전》을 보면서도 마찬가지였다. 1970년대의 평범한 서울 풍경을 따스하게 담아낸 작품을 보며 감탄하면서도 한편으로는 새벽마다 집을 나서는 그를 보는 가족들의 마음은 어땠을까 하는 생각이 떠나지 않았다.

미술교육을 정식으로 받지 않고 혼자 공부하며 그림을 그린 원계홍이 처음 개인전을 연 시기는 55세가 되던 해라고 한다. "예술가에게 최대의 위험은 성공"이라는 그의 말에 비춰보면 그는 전시를 못 한 게 아니라 하지 않은 것일 터. 하지만 나는 완벽을 추구하는 작가의 마음보다 그림에만 몰두하던 그를 지켜보던 아내와 가족들의 마음에 관심이 갔다. 현실에 찌든 세속인의 섣부른 판단이겠지만 속된 말로 '밥벌이 못하는 가장'에 속이 타들어 가진 않았을까 하는 생각이 자꾸 드는 것이었다.

예술가의 삶을 들여다보면 언제나 예술가 뒤편에 서서 대신 현실을 짊어지고 희생을 감내해야 했던 이들이 있다. 생전에는 작품이 팔리지 않을 것을 각오하고 추상화를 그린 유영국을 대신해 택시 사업을 하며 생계 전선에 뛰어든 유영국의 아내만 봐도 그렇다. 지금이야 "유영국의 아내가 그렇게까지 해서 남편을 뒷

바라지했다더라"라는 한 줄로 소비되지만 '무명 화가의 아내'이 던 그때 그 시절에 그를 지켜내는 아내의 마음은 얼마나 굳건해 야 했을지 가늠도 되지 않는다.

화가 나도 참고, 억지웃음을 지으며 하기 싫은 일도 하는 게 우리의 생활이다. 하지만 이와는 다른 길을 걷는 예술가들 곁에는 그들의 널뛰는 감정을 묵묵하게 견딘 연인도 있었을 것이며, 좀처럼 현실과 타협하지 않는 예술가를 보며 마음 졸이는 가족도 있었을 것이다. 장욱진은 "그림과 술과 나는 삼위일체"라고 말할 정도로 몇 날 며칠 꼬박 술만 마시느라 아내에게 걱정을 끼쳤다고 한다. 몸이 상하면서도 그림을 그리고자 하는 의지가 예술에 대한 집념이고 열정이겠지만 자신에게 열중하느라 곁에 있는 사람의 걱정에 무심한 것도 어찌 보면 자기중심적인 행동이다. 그런데 그 또한 사랑과 존경의 마음으로 이해해준 아내의 마음은 어떠했을까. 어쩌면 예술가만큼이나 찬사를 받아야 하는 사람은 예술가들이 꽃 피울 수 있도록 꿋꿋하게 품어준 대지(大地) 같은 이들 아닐까.

스포트라이트를 받는 인물 곁에는 언제나 참고 인내하며 헌신하는 사람들이 있다. 대중의 사랑을 받는 배우나 가수, 스포츠 스타도 그 뒤에서 그들이 빛날 수 있도록 자신의 일처럼 관심과 노력을 다하는 이들이 있다. 그러나 안타깝게도 찬사는 그들의 몫이 아니고 그들의 자리는 스포트라이트에 비켜난 그늘 속이다.

변호사도 따져보면 스스로 빛나는 직업은 아니다. 종종 제어할 수 없는 의뢰인에 마음 졸이고, 남이 벌여 놓은 사고를 수습해야 하는, 결국 남을 조력하고 보조하는 직업일 뿐이니 그림자에 머무른 이들에게 자연스레 공감이 가나 보다.

그런 면에서 좋아하는 영화 중 하나는 박중훈, 안성기 주연의 〈라디오 스타〉다. 제 잘난 맛에 사는 한물간 연예인을 도와주는 매니저가 주인공이기 때문이다. 묵묵하게 그늘 속에 머물러 있는 매니저의 소중함을 깨닫는 이야기가 빛에 가려져 있는 이들에게 마치 "당신들의 노력을 미처 몰랐다. 고생했다"고 위로해주는 것 같았다.

오늘도 어딘가에서 누군가가 싹을 틔울 수 있도록 푸근한 대지가 되고, 기꺼이 배경이 되는 이들이 있을 것이다. 그림자에 머무는 삶, 찬사에서 비켜난 삶을 살고 있을 이들에게 응원과 힘을 보낸다.

정답이 뭘까

평소 좋아하던 작가의 북콘서트에 갔을 때였다. "이게 뭐라고 생각하세요? 아시는 분 손?" 강연 도중 작가가 질문을 던지고는 관객석을 찬찬히 둘러보았다. 안 그래도 아웃사이더 기질이 다분한 나는 텅텅 빈 앞좌석을 놔두고 굳이 뒷좌석, 그것도 한쪽 기둥 옆자리에 앉아 있었는데, 갑작스럽게 던져진 질문에 혹시라도 작가와 눈이 마주칠까 싶어 슬그머니 고개를 숙였다. 사람이 많은 곳에서 대답을 한다는 게 쑥스럽기도 했지만, 무엇보다 틀린 대답을 할까 두려웠다. 즐겁자고 온 북콘서트인데 답이 틀릴까 주저되어 눈을 내리까는 스스로가 참으로 못났다 싶었다.

평소에도 비슷한 상황에 처하면 나의 뇌는 자동 반사처럼 '정답이 뭘까' 생각한다. '정답'이 있다는 압박, 그 정답을 맞히겠다는 의지 혹은 의무감이 만나 나의 사고 회로는 그간 축적해온 지식과 경험을 빛의 속도로 훑고 지나가며 정답을 도출해낸다. 그리고 내가 내놓은 답은 좀처럼 틀리는 일이 없다.

정답을 잘 찾는 일로만 따지면 나는 대한민국에서 상위 1퍼센트에 들 거다. 어려서부터 공부를 곧잘 한다는 소리를 들었고 학창 시절에도 줄곧 상위권 성적을 놓치지 않았으니까. 그렇다고 특별히 학구열이 높았다거나 특출난 재능이 있던 건 또 아니다. 그저 주어진 문제에서 정답을 찾는 일을 잘했을 뿐. 출제자의 의도를 포착해 정답을 내놓는 일에 최적화된 학생이었다. 아마 학창 시절 공부깨나 한다는 이야기를 들을 사람들은 대개 마찬가지일 것이다.

게다가 직업이 또 하필 변호사. 변호사는 의뢰인에게 '정답을 내놓는 일'이 업이다. 법은 작은 차이로도 전혀 다른 결과가 나오기 마련이라 '적당히'나 '대충' 같은 부사가 끼어들 수 없다. 그러니 '정확', '명확'을 우선순위로 두고 정답을 추구하는 건 너무나 자연스럽다. 그리고 시간이 갈수록 이런 습관은 나의 몸 세포 하나하나에 깊숙이 스며들어 이제는 업무를 떠나 개인 삶의 영역에서도 그놈의 정답을 찾는 버릇을 버리지 못한다.

그런데 가끔은 오답에 대한 두려움으로 섣불리 입을 떼지 못하는 소극적인 내 자신이 안타깝다. 정답을 찾으면 안정적인 결과가 보장되던 학창 시절을 지나 성인이 되어 비로소 '인생'을 살다 보니 세상은 정답과 오답으로만 나뉜 것이 아니었다.

이십 대가 끝나갈 즈음부터였던가. 인간관계부터 진로, 결혼, 삶을 꾸려나가는 방식까지 셀 수 없이 많은 선택을 마주해야 하는 나날의 연속이었다. 이 회사가 좋은지, 저 회사가 좋은지, 결혼을 해야 하는지, 어떤 배우자감이 좋은지, 성공하는 방법은 무엇인지, 성공은 또 무엇인지. '정답'을 도통 모르겠는 것들뿐이었다.

책을 찾고 인터넷을 뒤져봐도 답이 나오지 않는 문제들. 객관식으로 치면 선택항이 너무 많고, 주관식으로 치면 시험지마다 주어진 문제가 제각각인 시험이었다. 그런데 죽어라 정답만 찾도록 훈련된 나는 스스로 답을 내지 못하고 늘 주변의 눈치만 살피며 노심초사하는 데 반해 세상은 어느덧 자신만의 답을 내리고 과감히 '지르는' 사람들이 주목받는 세상이 되어 있었다. 실패를 두려워하거나 남의 시선에 굴하지 않고 자신의 욕망에 충실하며 적극적으로 배움을 찾아 나서는 이들. 나의 삶과는 다른 남들의 방식에 억울하기도 하고 혼란스러운 나날의 연속이었다.

그 혼란 속에 어지럽던 시절, 예술은 숨통을 트이게 하는 도피처였다. 어떻게 해야 '잘' 살 수 있을지, 무엇이 '옳은' 방식인지 알 수 없어 답답할 때마다 미술관을 찾았다. 흩뿌려진 도상과 섬뜩하리만치 기괴한 조각, 모호하고 몽롱한 영상처럼 불가해한 작품들은 날 미로 속에 밀어 넣고 어디 한번 마음껏 길을 잃고 헤매보라며 비웃는 듯했다. 그런데 그들이 한바탕 나의 마음을 어지러이 휘젓고 가고 나면 묘하게 세상에 정답은 없다는 위로와 안도감이 느껴졌다. 그리고 물음표와 느낌표로 가득 찼던 경험들은 때때로 대상을 새로운 시각으로 보게 하며 문제 해결의 실마리를 선물하기도 했다.

예술을 동경하는 이유가 무엇인지 사람들이 간혹 묻는다. 그럴 때마다 하는 말은 "정답이 없어서"다. 물론 미술이론가나 전공자들이 들으면 그게 무슨 무식한 소리냐며 펄쩍 뛰겠지만 작가의 의도를 알아채지 못한다 해도, 나만의 답을 내놓아도 괜찮다는 건 정답을 찾아야 하는 압박감에 시달리는 나에게 이루 말할 수 없는 묘한 해방감을 준다.

언어 영역에서 "다음 중 소설 속 화자의 의도는?"과 같은 문제의 답을 맞히며 자라왔지만 화자의 의도를 맞히지 못하더라도 소설은 그 나름대로 독자에게 의미를 건넨다는 사실을 성인이 되어서야 알게 되었다. 작가가 전하고자 하는 메시지가 '인간 본연의 외로움'인지 '자연의 무한함'인지 알게 뭐람. 작품이 내 마음에 잔물결이라도 일으켰으면 됐다.

정답을 찾다가 길이 보이지 않을 때는 적막한 미술관에 넋 놓고 앉아서 작품이 던지는 질문에 내 마음대로 답을 내린다. 그리고 찬찬히 고개를 돌려 전시장에 있는 사람들을 바라본다. 그들도 말없이 저마다의 답을 내리고 있다고 생각하면 또 한번 위로를 받는다.

예술가를
만나는 일

　문화예술 변호사로 일하다 보면 예술가들을 상대할 일이 잦다. 내가 문화예술 종사자라고는 할 수 없어도 그 언저리에 머무는 만큼 개인적으로 교류하며 지내는 예술가들도 점점 많아진다. 순수예술부터 대중문화예술까지 스펙트럼도 넓고, 시각예술을 하는 작가, 연출가, 작곡가, 연주자, 극작가, 안무가 등 분야 또한 다양하다.

　문화예술 변호사라고 하면 사람들은 간혹 왠지 특별할 것 같다는 상당한 오해를 한다. 이는 분명 문화예술의 이미지와 예술가에 대한 환상과 동경에서 비롯된 것이라고 본다. 예술가를 떠올리면 베레모에 파이프 담배를 물고 파리의 레 더 마고(Les Deux Magots) 같은 카페에 앉아 예술을 논하는 피카소나 괴로움에 몸부림치다 자신의 귀를 잘라 버리는 반 고흐의 모습을 상상하기 마련. 예술가는 다른 차원의 사람일 것이라는 그 환상이 예술을 난해하고 다른 층위를 가진 특별한 무언가로 만든다.

　Y 작가와 대화를 하던 때였다. 나는 드라마나 영화 속에서 변

호사가 재판 중에 벌떡 일어나 법정을 돌아다니면서 변론하는 장면을 볼 때마다 너무 현실성이 없어 낯 뜨겁다고 말했더니 Y 작가는 반색했다.

"어머머, 저도 그래요. 드라마에서 작가가 갑자기 영감이 떠올랐다며 캔버스에 일필휘지로 그림 그리는 장면 나올 때마다 맨날 욕해요. 작업하기 전에 얼마나 많이 공부하고 구상하는데, 무슨 준비도 없이 신들린 듯 그림을 그려요. 그리고 작가 중에 누가 긴 머리를 풀고 원피스를 입고 그림을 그려. 전시 앞두고는 거의 노숙자 저리 가라 하는 외모인데."

그 말을 듣고 어느 분야나 미디어가 만들어낸 왜곡된 이미지를 싫어하는 건 마찬가지구나 생각했다.

예술가 역시 우리와 별반 다르지 않은 평범한 사람들이지만 언제나 예외가 존재하듯 다른 무언가가 있다고 느끼기도 한다. 변호사로서 계약 협상을 하고, 합의 대리하는 일이 일상이지만 수많은 경험에도 불구하고 사람 마음을 움직이는 건 어렵기에 언제나 마음 졸이게 된다. 그래도 연차가 쌓일수록 상대방이 무엇을 원하는지 빠르게 파악해서 내줄 건 내주고, 얻어낼 건 얻어내는 기술도 생긴다. 이때 대다수의 사람은 명분과 자존심을 내세

우더라도 결과적으로는 자신의 이익(대부분 금전적 이득) 앞에서 상대방의 제안을 수용한다(물론 명분과 자존심을 세워주며 합의로 이끌어내는 것 또한 기술이다). 반면 예술가들은 합리적 이익보다 자신이 추구하는 바에 더 큰 가치를 두는 걸 보며 다르다고 느끼는 때가 있다.

한 전시 기획사의 법률 자문을 맡고 있을 때였다. 전시를 준비하면서 작가들과 체결해야 하는 계약서를 작성하고 검토하는 일이 주된 업무였는데, 작가마다 계약서의 조건과 내용을 개별적으로 작성해야 했다. 전시를 위해 기존 작품을 임대해 오거나 새롭게 작품 창작을 의뢰해 임대하는 경우, 새롭게 작품을 창작하되 작가가 작품의 설계서만 제공하고 실제 제작과 조립은 기획사 측에서 하는 경우 등 계약 형태가 다양했던 것이다. 전시 기획사 담당자가 전시의 개요과 내용, 작가 측과 합의된 사항, 기본 조건을 내게 전달하면 그에 더해서 계약상 발생할 수 있는 위험 요소를 미리 예상해 회피하거나 최대한 줄일 수 있는 조항, 추가로 정리되어야 하는 사항 등을 정리한 계약서 초안을 전달한다. 담당자가 초안을 검토한 후에 작가 측이 추가로 요청하는 사항을 비롯해 추가로 변경되거나 합의된 내용이 있으면 내게 다시 전달하고, 계약서에 반영하는 작업이 이루어진다. 계약서가 오가는 일은 한두 번에 끝나기도 하지만 전시 계약의 내용이 수시로 바뀌거나 상대방의 요구 사항이 많으면 한두 번이 아니라 열 번 넘게 계약서가 오고 갈 때도 있다(그럴 땐 폴더가 수정.doc, 수정_2.doc, 수정_3.doc 등으로 가득 찬다). 특히 해외 작가들은 에이전시나 스튜디오에서 법률 검토를 거쳐 진행하기도 해서 웬만한 기업과 계약하는 것만큼 까다로울 때도 많다.

내 의뢰인은 전시 기획사이니 어디까지나 전시 기획사 담당자와 소통하며 법률 자문을 하면 되지만 때론 기획사가 계약하는 작가를 상대해야 할 때도 있다. 전시 준비가 한창이던 시기, 전시 기획사 담당자에게 급하게 전화가 왔다. A 작가와의 미팅에 동석해줄 수 있냐는 부탁을 하기 위해서였다. A 작가의 요구 조건은 자신의 미디어 작품을 인공광, 자연광 등 그 어떤 빛도 들어오지 않는 암막 상태에서 전시해달라는 것이었다. 즉, 작품에서 나오는 빛 말고는 전시장 내에 어떠한 빛도 없어야 했다. 전시 기획사 측은 암막 커튼을 설치해 창밖에서 들어오는 빛을 차단하고, 전시장 내 모든 조명을 끄겠다고 작가에게 약속한 상황이었다.

그런데 나는 계약서를 작성하며 전시장 내 조명을 끄더라도 소방법에 따라 설치해야 하는 비상구 유도등은 반드시 켜두어야 한다고 회신한 터였다. 아무리 미디어 작품에서 빛이 나온다고 하더라도 조명이 없는 상황에서 관람객들이 넘어지거나 다치는 등의 안전사고도 우려되기 때문에 동선을 안내하는 최소한의 조명은 필요하다고도 덧붙였다. 그러나 작가는 그조차 용납할 수 없다는 상황. 보통의 사람이라면 소방법이 그렇다 하면 금방 수용할 문제임에도 A 작가는 설득이 안 되었고, 전시 기획사는 어쩔 수 없이 나를 호출했다.

A 작가 표정을 보니 나를 예술도 이해 못하는 피도 눈물도 없는 변호사라고 보는 눈치였다. 그런 상황에서 다짜고짜 소방법과 안전사고를 들먹이면 전시를 못하겠다고 자리를 박차버리고 나갈 수도 있겠다 싶어 작품에 대한 질문부터 하기 시작했다. 아직 작품을 보지 못했는데 어떤 작품인지, 암막 상태에서 공개하고 싶은 이유가 무엇인지. 작가의 말을 듣는다고 해서 내가 "아 그런 뜻이 있었군요. 비상구 유도등을 없애야겠네요"라며 물러설 수는 없는 상황이었지만 적어도 노력한다는 모습은 작가에게 보이고 싶었다. 면전에서 "법 때문에 안 돼요"라는 말을 먼저 꺼내고 싶지 않았다. 나의 물음에 작가는 잠시 목을 가다듬더니 작품에 대해 이야기했다.

하지만 작가의 설명에도 결국 할 수 있는 말은 "너무 안타깝지만 안전사고 방지를 위해서는 어쩔 수 없다"였다. 전시 기획사 담당자도 방법을 찾아봤지만 건물 특성상 비상구 유도등을 설치하도록 되어 있다는 동어반복 같은 이야기로 거들 뿐.

그런데 신기하게도 작가는 "뭐, 변호사님이 그렇다는데 어쩔 수 없죠. 암막 커튼이나 잘 설치해줘요"라고 말했다. 닫혀 있던 문이 마법처럼 열리고 작가는 시원하게 자리를 떴다.

"휴, 다행이에요."

작가가 떠나자 마치 전우처럼 전시 기획사 담당자와 눈을 마주보고 한숨을 내쉬었다. 지금도 무엇이 그의 마음을 움직였는지 잘 모르겠다. 변호사가 미팅 자리에 동석했다고 마음이 갑자기 달라진 것도 아닐 텐데 말이다.

한번은 대기업이 후원하는 전시였는데, 전시 안내 책자에 인쇄된 자신의 이름 옆에 대기업 로고가 있어서 전시를 못 하겠다는 작가도 있었다. 작품이 소화전 가까이에 배치되었다는 이유로 전시를 안 하겠다는 작가 때문에 골머리를 앓는 전시 기획자의 하소연을 들어준 적도 있다. 이런 이들을 설득하는 과정에는 공이 많이 든다. 지적인 노동은 물론이고 정서적 에너지도 상당히 써야 한다. 때론 예민하게, 때론 아이를 다루듯이 섬세하게 어르고 달래면서 접근해야 할 때도 있다.

누군가는 내게 묻는다. 그냥 법리로만 따지기만 하면 되는 분야도 있는데 왜 굳이 감정을 쏟는 일을 하냐고. 곰곰이 생각해보면 예술을 향한 나의 애정은 예술가란 존재를 향한 관심과 애정이다. 작품을 마주할 때면 작품 자체보다 예술가의 마음에 더 매혹되곤 한다. 처음 캔버스에 붓을 대는 마음은 어떤지. 반대로 캔버스에서 붓을 떼는 마음은 어떤지. 친분이 있는 조형예술 작가에게 조각가는 세상을 걷어내는 마음인지, 채우는 마음인지 진지하게 물은 적도 있다.

그리고 무엇보다 물질적인 가치로 환산할 수 없는 무언가를 찾는 예술가에 대한 동경이 나를 이끈다. 누군가에게는 세상 물정 모르는 무질서로 보일지라도 내게는 그들의 터무니없는 자부심과 자의식, 뻣뻣한 작가 정신이 그들을 특별한 존재로 보이게 한다. 논리와 이성으로 무장해 '셈'에 익숙하고 '뒷일'만 걱정하며 사는 소심한 현실주의자가, 눈에 보이지 않는 가치와 감정에 충실해 일탈과 경계를 뛰어넘으며 사는 자유로운 예술가를 보며 이루지 못한 예술가의 꿈을 대리만족하는 것일지도.

　　이 세상 누구보다 예술가에 대한 환상을 가지고 있는 사람은 나일지도 모르겠다.

어디서 무엇이 되어
다시 만나랴

급하게 회의를 가던 길에 친한 언니와 오랜만에 마주쳤다. 말 그대로 자주 만나 밥도 먹고 수다도 떨던 '친한' 사이였는데, 어떤 계기랄 것도 없이 서로 일이 바빠져서 1년 넘게 만나지 못했다. 평소 생활 반경에서 떨어진 곳에서 예상치 못하게 만나니 그녀나 나나 더욱 반갑고 신기할 따름이었다.

"여긴 어쩐 일이에요? 전 ○○○○○에서 회의가 있어서 왔어요."
"난 오늘 연차인데 요 근처에 친구네 집들이 가던 길이야."

가던 걸음을 멈추고 서서 수다를 떨다가 조만간 시간 맞춰 저녁 먹자는 말을 나누고는 각자의 일정을 소화하기 위해 헤어졌다. 그리고 오늘 그녀로부터 메시지가 왔다.

"그때 밥 먹자더니 왜 연락이 없니? 다음 주랑 다다음 주에 되는 날짜 몇 개 줘봐. 한번 맞춰보자."

메시지를 보자마자 먼저 연락하지 못한 미안함과 잊지 않고 연락줘서 고마운 마음이 함께 들었다. 나 역시 밥 먹자는 약속을 잊지 않았고 그 약속은 진심이었다. 다만 연락하지 못한 건 10년이 넘는 사회생활을 거치며 빈말에 연연하지 않는 태도를 어설프게 배운 탓이었다.

평소에도 별걸 다 기억하는 성격이기도 하고 빈말은 못하는 성미라 지금보다 세상에 덜 찌들었을 때만 해도 상대가 하는 말을 모두 진지하게 받아들이고 기억하곤 했다. "3월 초쯤에 뵐까요?"라는 말 한마디에 혼자 머릿속으로 3월 초 일정을 재배열하고 형체도 없는 약속인데 혹시나 다른 일정과 겹쳐 지키지 못할까봐 마음 졸이기까지 했다. 그렇게 혼자서 오매불망 약속을 기다리다가 나중에서야 그게 인사치레로 하는 말이나 분위기에 들떠 하는 약속이었음을 깨닫게 되었다. 마치 "가내 두루 평안하신지요?" 같은 편지 앞머리 인사말에 혼자 평안한지 아닌지 곰곰이 고민하는 꼴이었다고나 할까. 그렇게 몇 번의 실망을 거쳐 '사회생활을 할 때의 약속은 확실해지기 전까지 짐짓 아닌 척, 모르는 척, 쿨한 척하는 것'이 세련된 태도라고 생각하게 되었다.

그 후로는 혹여나 으레 한 말에 냉큼 연락하는 눈치 없는 사람이 되지 않기 위해서 상대가 정말로 막역한 사이가 아니면 또는 구체적으로 날짜를 언급하지 않았으면 '언젠가'를 기약하는 만남에는 먼저 연락하지 않게 되었다. 그러다 그 '언젠가'의 희뿌연

함이 걷히고 윤곽이 또렷해지는 '그날'이 되는 것 같으면 그때는 마치 약속을 기대하고 있었다는 양 적극적인 태도를 보이는 노련함으로 응수했다.

영화 〈#아이엠히어〉에서 프랑스인 스테판은 SNS로 사귄 한국인 친구 수가 보낸 "한국의 벚꽃을 함께 보고 싶다"는 메시지에 무작정 한국행 비행기를 탄다. 하지만 공항에서 기다리겠다던 그녀는 시간이 지나도 보이지 않고, 혹시나 그녀와 엇갈릴까봐 스테판은 오도 가도 못하고 공항에 머무른다. 우여곡절 끝에 만난 수는 스테판을 보며 눈치 좀 챙기라며 '눈치'를 줬지만 나는 중년이 되어서도 친구가 던진 말에 진심을 더할 수 있는 순수함과 실망하지 않는 스테판의 용기가 부러웠다. 그리고 오늘처럼 빈말과 진심 사이에서 어설픈 눈치 보기를 하다 상대의 진심을 놓칠 뻔한 일이 생기니 비록 실망하더라도, 상처받더라도 짐짓 아닌 척하는 비겁함은 버려야겠다고 생각했다.

"언제 밥 한번 먹자", "내가 자리 만들게", "꼭 연락해", "한번 놀러와" 등 우리가 평상시 하는 말 중에 비눗방울처럼 허공에서 사라지는 진심 없는 인사말은 실로 어마어마하게 많을 테다. 하지만 그중에 단 하나라도 진심이 담긴 말이 있을지 모르니 그를 위해 응답하는 사람이 되고 싶다. 그래야 누군가도 나의 진심에 화답해줄 테니.

속도 조절

지난 2주간은 폐렴을 크게 앓느라 원치 않게 일을 멈추고 온전히 집에서 쉬었다. 항생제와 독한 약들 때문에 기진맥진해져서 말 그대로 자리보전하고 누워야 했는데, 손 까딱할 힘만 겨우 남은 컨디션에서 할 수 있는 거라곤 휴대전화로 유튜브와 넷플릭스를 보는 일뿐이었다. 하루 종일 넷플릭스의 바다에서 헤엄치다 평소 잘 보지 않는 일본 드라마까지 보게 되었고, 드라마의 주인공 역할을 한 배우에 흠뻑 빠져버렸다(사회적 체면이 있으니 누군지는 비밀로 한다).

10회 분량 드라마를 두 번이나 본 것도 부족해 그 배우가 나온 드라마와 영화도 우리나라에서 볼 수 있는 건 몽땅 찾아봤다. 데뷔 때부터 최근까지의 인터뷰 기사도 구글 번역기의 도움을 받아 모조리 읽으며 키득대다 결국에는 공식 팬클럽까지 가입하는 지경에 이르렀다. 그가 나오는 유튜브 영상을 밤낮으로 봤더니 일본어도 못하는 주제에 이제는 배우가 하는 말을 줄줄 외울 정도가 됐다. 좋아하는 사람 앞에서 언어 장벽 따위는 문제가 되지 않는다.

덕력에도 등급이 있다면 나는 분명 최상위 레벨이다. 무언가를 좋아하면 무한 반복은 당연하고, 깊이 파다 파다 지구핵까지 뚫고 들어갈 기세로 빠져들곤 한다. 항시 대기 중인 신용카드는 덤. 그렇게 반복과 깊이, 지갑이 열리는 만큼 덕력이 쌓여간다. 그런데 문제는 이 모든 게 빠른 속도로 일어난다는 점이다.

한 가지 음식에 꽂히면 몇 날 며칠 주야장천 그 음식만 먹는다. 주변 사람들이 질리지 않냐며 고개를 절레절레 흔들 정도. 그 음식을 '잘한다는 집'은 다 찾아가고 심지어 음식점을 위해 해외까지 가는 열정도 마다하지 않는다.

나는 '의자왕'이라 불릴 만큼 아는 사람들은 모두 아는 의자 덕후로, 2명밖에 살지 않는 집에 의자만 14개가 있다. 많을 땐 18개까지 있었는데 그나마 정리해서 이 정도다. 전시가 아니라 미술관 곳곳에 놓인 디자인 체어를 보기 위해 해외 미술관을 찾기도 한다. 그중에서도 유난히 좋아하는 건 디자이너 핀 율(Finn Juhl)의 의자다. 핀 율 가구로만 꾸며진 전 세계에 하나뿐인 별장을 가겠다고 비행기를 타고, 기차와 버스를 세 번씩 갈아타면서까지 해외의 두메산골을 찾아간 적도 있다.

몇 년 전인가. 한 시대극에 빠졌을 때는 원작 소설까지 찾아 읽고, 시대적 배경을 공부한다고 밤마다 눈이 빨개지도록 역사책과 인터넷을 뒤지기도 했다. 좋아하는 소설을 여러 번 읽기는 기본

이고, 초판을 비롯해 표지가 바뀔 때마다 소설책을 사 모으며, 소설의 배경이 된 장소로 휴가를 다녀온다. 도시, 영화, 작가 등 좋아하는 대상도 많아 이런 일들을 나열하자면 끝도 없다.

좀처럼 '적당히'를 모르고, 한번 좋아하면 끝을 보는, 빠른 속도로 빠져드는 성격. 덕후 냄새가 풀풀 나는 덕에 '잡'학다식한 취미 부자가 된 것도 같다. 게다가 깊은 구멍을 파기 위해서는 넓게 파야 한다고, 무언가를 깊게 파고들다 보면 관련 지식의 반경도 넓어져 한 번의 경험으로는 알 수 없던 더 큰 재미와 감동까지 얻기도 한다.

그런데 이제는 무언가를 좋아할 때 속도 조절을 좀 해야겠다. 살면서 마주치는 감정 중에 자식을 향한 부모의 사랑을 제외하고 영영 변하지 않는 감정이 있을까 생각해본 적이 있다. 희로애락도, 타인을 향한 사랑도 결국 언젠간 사라져 없어질 시한부 감정이라고. 다만 각자 품고 있는 감정의 질량과 무게, 부피가 다를 뿐 어쨌거나 유한한 감정 아니겠냐고. 그렇다면 무언가를 좋아하는 마음도 유한한 감정을 연소하는 일일 테니 굳이 빨리 닳아 없애지 말아야겠다.

열정과 에너지가 빠져나간 자리에는 결국 권태와 싫증이 남는다. 그리고 나는 좋아할 때는 열정적이지만, 애정을 마지막 한 톨까지 털어버리고 나면 다시는 뒤돌아보지 않는다. 그때는 없으면 당장이고 죽을 듯이 좋아했지만 지금은 언제 그랬냐는 듯 시큰

둔해진 것들도 많다. 두고두고 기억하며 곱씹을 추억으로 영글기에는 너무 빠르게 바닥을 보인 열정들도 있다. 사랑의 열병을 앓듯 사 모은 도구와 굿즈들이 화석처럼 남아 붙박이장 구석을 한 가득 차지하고 있는 모습을 볼 때마다 그동안 빠르게 소진시킨 애정과 열정에 민망하고 겸연쩍다.

음악 작가 배순탁은 좋아하는 노래일수록 아껴 들어야 한다고 했다. 그래야 지겨워지는 순간을 조금이라도 늦출 수 있다고. 처음 그 말을 들은 30대 초반에는 좋아한다면 한 번이라도 더 즐겨야지 무슨 소리냐며 이해할 수 없다 했지만, 조금씩 열정의 한계를 인식하게 되는 나이가 되니 그 말뜻을 알겠다. 오래 좋아하기 위해서는 속도 조절을 해야 한다는 것. 유한한 열정을 아끼는 노력도 대상을 좋아하는 방법 중에 하나라는 걸.

의도된 단절

"달그락달그락" 찻잔 부딪치는 소리

"부웅-" 바깥에서 희미하게 들려오는 자동차 소리

"!@##$%$^%" 리듬감 있게 속닥대는 사람들 말소리.

말소리는 흡수되지 않고 귓바퀴를 타고 흐른다. "하-아-" 나도 모르게 한숨이 터져 나왔다. 옥조여 있던 숨통이 트이는 한숨이다. 테이블 위의 몽블랑 케이크까지 한입 떠먹으니 배시시 웃음이 났다. 도쿄의 네즈미술관 근처 카페에 앉아 알아듣지 못하는 대화 소리를 배경음악 삼아 흘려듣던 나의 모습이다.

1년에 한 번 정도는 일본으로 나 홀로 여행을 떠난다. 혼자 하는 여행을 원체 좋아하기도 하지만 그 많은 나라 중에 하필 일본인 이유는 한국과의 거리 때문. 시차도 없고 비행시간도 짧아 업무에 지장을 주지 않고도 다녀올 수 있다. 거기에 수준 높은 미술관과 다양한 전시도 즐길 수 있으니 금상첨화다. 그리고 무엇보다 결정적인 이유는 내가 일본어를 못하기 때문이다. 그것도 전혀. 일본어를 잘해서가 아니라 일본어를 못해서라니 무슨 소린가 싶겠지만 듣지도, 말하지도, 읽지도 못하는 데서 오는 묘한 해방 감이 있다. 무능이 주는 효능이랄까. 길거리의 간판과 메뉴판은 내게 그림일 뿐이며 말소리는 백색소음과 다를 바 없다. 스쳐가 는 글과 말에는 셀 수 없이 많은 정보와 자극이 담겨 있겠지만 내 게 입력되지 못하고 그대로 반사되어 나가는 의도된 고립을 일 부러 찾는다.

나는 온, 오프가 확실히 구분되는 직업을 가장 부러워한다. '땡' 하고 업무 시간이 끝남과 동시에 일하는 뇌도 함께 꺼버릴 수 있는 직업. 나의 삶은 퇴근을 해도 뇌가 좀처럼 꺼지질 않는다. 밥 먹으면서도, 샤워하면서도, 심지어 자면서도 처리하는 사건을 머리에 이고 산다. 거기에 고민은 필수, 걱정과 불안은 덤이다. 드 라마 〈이상한 변호사 우영우〉가 인기리에 방영되던 때에도 "변 호사님 그 드라마 보세요?"라는 질문에 매번 법정물을 절대 보지 않는다고 대답했다. 현실과 동떨어진 묘사에 시쳇말로 손발이 오 그라들어서이기도 하지만 법정물을 보면 해야 할 업무가 떠오르 기 때문이다. 드라마에서 변호사나 재판정, 법률 용어가 등장하는 순간, 애써 쑤셔 박아놓았던 업무 생각이 와르르 쏟아져 나오며 쉬 는 것도 일하는 것도 아닌 찝찝하고 괴로운 시간이 시작된다.

물 위에 떠 있는 널빤지에 올라탄 것처럼 약간의 일렁임에도 일과 삶의 경계가 출렁댈 정도니 일상에서 보고 듣는 게 모두 시 한폭탄 같다. 식당 옆자리에 앉은 사람들의 대화 소리, 오가며 보게 되는 뉴스 등 일을 떠올리게 하는 것투성이다. 그래서 가끔은 현실을 떠올리게 하는 자극이 없는, 아무것도 들리지 않고 아무것도 읽지 못하는, 내가 가장 무능할 수 있는 지역을 찾게 된다. 일종의 '묵언수행'을 통해 마음을 정화시키는 것처럼. 물론 제아무리 단절의 문을 걸어 잠가도 액체처럼 스며드는 현실을 막아내는 것은 쉽지 않다.

"아, 아? 안녕하세요. 주희요? 잠시만요." 한글날과 주말이 연달아 있던 일요일 오후, 침대에 누워 쉬고 있는데 남편이 내 친구 M에게 전화가 걸려왔다며 의아한 표정으로 자신의 휴대전화를 넘겨주었다.

"여보세요? 네가 이 번호로 웬일이야?"
"야! 너 대체 어떻게 된 거야!!!!" 전화를 넘겨받자마자 수화기 너머로 친구가 쏘아댄다. 짜증과 놀람이 뒤섞인 목소리다.
"너 왜 연락을 안 받은 거야? 무슨 일 생긴 걸까봐 걱정했잖아!"
"나 연휴 동안만이라도 연락 안 받으려고 휴대전화 무음으로 해놨지."
"어휴… 못 살아! 아무 일 없으니까 됐다. 끊어!" M은 나의 태연한 목소리에 분하다는 듯 짜증을 내며 전화를 끊어버렸다.

지난 몇 주는 내 자신에게도 놀라운 날들이었다. 놀라운 일 하나는, 하루에 수십 차례 몰아치는 연락과 쉴 새 없는 스케줄을 어느 하나도 펑크 내지 않고 꿋꿋하게 소화했다는 것. 엘리베이터 기다리는 몇 분이 아까워 그 시간에 밀려 있는 업무 카톡에 답하고 택시로 이동 중에 통화를 하거나 이메일을 쓰는, 단 1분도 쉬지 못하는 날들의 연속이었다.

그렇게 3주 정도 살았더니 골수까지 쪽쪽 빨리는 느낌이었다. 영원히 탈출할 수 없다는 알카트라즈(Alcatraz) 감옥보다 더 무시무시한 업무 감옥에 갇혀버린 나는 '죽어야 끝나겠구나' 싶어 매일 밤 침대에 누워 내일 아침에 깨어나지 않으면 좋겠다는 생각을 하기도 했다.

공백 없이 반응하고 생산해야 하는 삶에는 부작용이 뒤따른다. 아무리 힘든 일이 있어도 애먼 사람에게 감정을 풀지 않고, 의뢰인에게 언제나 친절하게 대한다는 것이 내 자부심이었거늘 체력이 달리다 못해 바닥을 치니 인내심이나 정신력도 희미해졌다. 가만히 있어도 뒷골이 뻣뻣하고 미간이 찡그려져서 나도 모르게 짜증 섞인 말투가 새어 나왔다. 이러다 자칫 엉뚱한 사람에게 화를 내거나 짜증을 내서 큰 실수를 할까봐 덜컥 겁이 났다.

그런 와중에 퇴근하는 택시 안에서 인스타그램을 들여다보니 맛있는 음식에 즐겁게 여행하는 풍경들만 가득했다. 슬롯머신 돌리듯 끊임없이 새로고침을 해봐도 나는 '꽝' 일색인데 남들은 죄다 '짹짹'만 나오는 느낌. SNS 속 모습이 전부가 아니라는 걸 누구보다 잘 알던 나인데, 누군가 다른 사람 SNS를 보며 부러워하면 보이는 게 다가 아니라며 젠체하던 나였는데 심신이 약해지니 경박한 시기심이 밀려왔다. 평소 같지 않은 모습에 스스로도 적잖이 당황스러웠다.

재빨리 정신을 차리고 이러다 아무렇게나 감정을 배설해버리는 형편없는 사람이 되겠다 싶어 잠시 쉬어가기로 했다. 쉰다고 해봤자 연휴 3일 동안 휴대전화 알림을 끄고 인스타그램 계정을 비활성화하는 것이었지만. 내가 유명인도 아니니 굳이 알릴 필요는 없다고 생각해서 남몰래 조용히 닫았던 건데, 고작 금요일 밤부터 토요일 하루 연락이 안 되고 인스타그램 계정이 없어진 모습에 지인들은 내가 사라졌다며 난리를 피웠다. 나의 '침잠'이 타인에겐 '잠적'이 되어버린 셈이었다.

지난 생일에는 오전 업무만 간단히 끝내고 오후에는 홀로 이화동에 갔다. 물론 이전 같은 소란을 일으키기 싫어 지인들과의 연락은 유지한 채, 생일 선물로 오롯이 나로서 존재할 수 있는 시간을 스스로에게 주고 싶었다. 물론 혼자 있는 시간이라고 해서 특별한 이벤트나 계획이 있던 건 아니다. 그저 에피톤 프로젝트의 〈이화동〉을 들으며 혼자 조용히 성곽길을 걷고 싶었을 뿐. 철학자 질 들뢰즈(Gilles Deleuze)도 《대담》에서 고독과 침묵이 있는 약간의 틈을 주는 것이 중요하다고 하지 않았나. 그렇게 잠시나마 복잡한 현실에서 한 발짝 물러서 있는 것만으로도 내가 누군지, 어디에 있는지 확인하고 숨을 가다듬을 수 있다. 숨 쉴 틈도 있어 야 길을 잃거나 주저앉지 않고 다시 현실을 살아갈 수 있을 테다.

태도의 부재

　평소 '모른다', '못한다', '잘못했다' 같은 말을 솔직하게 하는 편이다. 스스로가 얼마나 옳고 박식하며 능력이 출중한지 끊임없이 내보이길 강요당하는 요즘에 자신에게 불리할지도 모를 말을 하는 건 시대의 흐름을 거스르는 일이다. 하지만 몸집이 커 보이게끔 털을 있는 힘껏 부풀려 싸우는 동물처럼 굳이 누군가에게 나의 모습을 포장해 보이고 싶진 않다. 허세와 시늉으로 나의 무지와 무능, 실수를 가릴 수 없는 노릇이니 애써 머리를 굴리기보다는 있는 그대로의 모습을 깔끔하게 인정하는 쪽이 마음이 편하다. 사생활에서는 이렇지만 변호사라는 직업인의 옷으로 갈아입었을 땐 고민되는 순간이 많다.

　"변호사라면 난 강해, 난 다 이길 수 있어, 난 똑똑해, 이래야 할 것 같은데, 전 매일 흔들리고, 매일 고민하고… 너무 나약해 보이지 않나요?"
　내가 인스타그램에 종종 쓰는 글이 좋다는 지인과 만났을 때였다. 일하며 마주하는 고민이나 뭉친 감정을 글을 쓰며 풀다 보니 나의 글은 호기로움과는 전혀 거리가 멀다. 모두들 자신이 얼마나 유능한지 뽐내는 마당에 나만 이래도 되나 하는 고민이 들던 차에 글이 좋다는 말을 들으니 나도 모르게 터져 나온 질문이었다.

　이런 고민이 가장 크게 드는 순간은 의뢰인을 대할 때다. 변호사를 찾아오는 사람들 대부분은 곤궁에 처했거나 해결책을 찾는 이들이다. 영화에서처럼 "저만 따라오시면 됩니다"라고 자신 있게 말하며 그들을 문제의 구렁텅이 속에서 짠 하고 구출하면 좋으련만 현실은 그렇게 이상적이지 않다. 때로는 도저히 비집고 들어갈 수 없을 정도로 법적으로 명백히 불리할 때도 있고, 법으로 다툴 기회와 기한을 놓쳐버린 경우도 있다. 또 관련 법리나 판례를 볼 때 승소의 가능성이 없는 사례도 있다. 그럴 때면 '할 수 없다', '어렵다'는 말을 해야 한다.

　변호사에게 뭔가 묘수가 있으리라 생각하고 찾아온 이들의 얼굴을 바라보며 부정적인 대답을 한다는 건 쉽지 않다(그래서 내 잘못이 아님에도 "죄송합니다"라는 말을 붙이곤 한다). 사건 수임은 수입과 직결되므로 변호사 입장에서도 아쉽기는 마찬가지다.

　지푸라기라도 잡으려는 사람의 마음을 얻기는 매우 쉽다. 내가 얼마나 강하고 능력이 출중한지 뽐내며, 나만 믿으면 된다는 확신을 주면 된다. 그 말이 사실인지 거짓인지는 알게 뭐람. 하지만 변호사라는 자격을 걸고 일하는 이상 전문성과 경험에 비추어 안 되는 건 안 되고, 어려운 건 어렵다고 솔직히 말해야 한다고 믿어왔다. 그리고 지금까지 그 신념대로 대답해왔다고 자부한다. 꼿꼿한 내 성격 탓이기도, 변호사로서의 양심이기도 했다. 그리고 좋지 않은 결과를 얻었을 때 의뢰인에게 괜한 원망을 듣고 싶지 않은 소심한 면피이기도 했다.

그런데 같은 말을 해도 반응은 제각각이다. 불필요한 법률 비용과 시간을 낭비하지 않게끔 냉정하게 평가해줘서 고맙다는 이도 있지만 때로는 "어디서는 이길 수 있다고, 다 된다고 하는데 당신은 왜 안 되냐고 하냐"는 원망 섞인 말을 듣기도 한다. 물론 상황에 따라서는 가능성이 낮더라도 시도해보자고 말하기도 한다. 하지만 법을 배웠다면 안 된다는 걸 뻔히 알 텐데도 할 수 있다고 호언장담하는 변호사가 있음을 알게 되면 씁쓸해진다.

무한 경쟁으로 무너진 직업윤리에 화가 나는 건 물론이고 거기에 찝찝한 자괴감까지 더해진다. 차라리 나는 비양심적인 이들과 다르다며 끝까지 강직하면 자부심이라도 느낄 테지만 '먹고 사는 게 제일 중요한데 얼마나 잘났다고 사건을 마다하나', '그냥 다 된다고, 다 할 수 있다고 했어야 하나' 후회하는 자신이 못났다 싶은 거다.

하지만 그렇게 흔들렸다 한들 타고난 성격은 어쩔 수 없어 비슷한 상황을 마주하면 오뚝이처럼 다시 제자리다. 그럴 때 솔직하게 말하는 게 전문가의 도리라는 말이 등대 같은 위로가 되지만 거기에 한마디 더 보태자면 전문가는 무언가를 하는 법보다 하지 않는 법을 배워야 된다고 생각한다. 무슨 일을 하기 전에 그 일이 어떻게 끝날지를, 그 일로 어떤 결과가 초래될지를 생각할 수 있도록 배운 사람으로서 말하기 위해 말하지 않는 법을, 이기기 위해 이기지 않는 법을, 이루기 위해 잃는 법을 알아야 한다. 어떤 변호사는 온갖 사건을 수임해서 강남에 빌딩을 샀다고 하는데 안 되는 건 안 되는 거라고 꼿꼿하게 말하는 날 보며 누구는 콧대만 높은 허생이라고 비웃을지 모른다. 그래도 거짓된 풍요보다 진솔한 빈곤이 낫다고 나를 다독인다.

엊그제 밤에는 형사사건을 진행하고 있는 의뢰인으로부터 문자가 왔다. 내게 맡긴 형사사건과 별개로 다른 변호사에게 맡긴 민사소송의 서류를 급하게 좀 봐달라는 내용이었다.

"변호사님께서 알려주셔야 하는 내용이 아님을 알고 있지만 민사 변호사와 의사소통에 어려움이 있어 부득이 문의드립니다. 제가 미리 보지 못한 준비서면이 그대로 제출되었는데요. 읽어보니 이해가 안 되는 부분이 있어 민사 변호사 사무실에 전화로 해당 내용에 대해 물어본 상태입니다만, 변호사와 연락이 되지 않습니다. 혹시 변호사님께서 읽어보시고 설명을 해주실 수 있는지요. 이런 부탁을 드려 송구합니다."

그렇지 않아도 지난 통화에서 의뢰인은, 민사 재판의 기일이 당장 내일인데 변호사가 아직까지도 준비서면을 제출하지 않았다며 걱정했다. 그런데 직전에 낸 서면에 또 문제가 있었나 보다. 의뢰인 말에 따르면, 1년 가까이 소송하는 과정에서 변호사와 통화하거나 서면을 미리 공유받은 적이 단 한 번도 없다는데 변론 종결 전날까지도 변호사와 연락이 안 된 모양이다. 뒤늦게 직접 법원의 전자소송 사이트에 접속해 변호사가 제출한 서면을 읽어 봤는데 사건 당사자인 의뢰인도 이해할 수 없는 내용이 기재되어 있어서 내게 무슨 뜻인지 해석을 요청한 것이다.

변호사마다 사건 해석이나 소송 전략은 달라서 다른 변호사의 서면이나 변론 방향을 함부로 평가하는 것은 예의에 어긋나 굉장히 조심스러웠다. 그런데 의뢰인이 보내준 서면을 읽어보니 변호사인 내가 봐도 도통 무슨 뜻인지 알 수 없는 내용투성이였다. 완전히 해독이 불가능한 서면이었지만 꾸역꾸역 해석해 이러저러한 내용인 것 같다고 설명했다. 과연 변호사가 쓴 서면이 맞기는 한지 의구심이 들었지만 굳이 의뢰인에게 말하진 않았다.

그런데 의뢰인의 요청을 들어주고 있자니 심기가 불편해졌다. 서면을 잘 쓰고 못 쓰고는 변호사의 역량에 따라 다르고 타인이 함부로 왈가왈부할 건 아니니 실력 문제는 차치하자. 서면 초안을 사전에 공유하지 않는 것도 업무 성향이 달라서라고 치자. 하지만 아무리 그렇다 하더라도 의뢰인이 불안해하다 못해 다른 사건을 맡고 있는 변호사에게 도움을 청할 정도로 의사소통을 하지 않은 불성실은 도저히 납득하기 어려웠다. 이력을 찾아보니 변호사가 된 지 얼마 되지 않은 신참이었다. 한창 열심히 일하면서 배워도 모자랄 연차에 이런 식으로 업무를 하는 걸 보니 앞으로 어쩌려고 그러나 딱한 감정까지 들었다.

　나야 매일 의뢰인을 만나지만 대부분의 사람은 살면서 변호사를 만나는 일이 한두 번 될까 말까다. 인생에서 드물게 만나게 되는 변호사인데 저런 변호사를 만나면 변호사 직군에 악감정이 생기기 마련이다. 내 주변에는 성실하다 못해 심신을 갈아서 일하는 변호사가 대다수인데 일부의 사례로 직군 전체가 욕을 먹게 되니 화가 난다. 말썽은 곰이 부리고, 욕은 다 같이 먹는 꼴이랄까.

　난 쓸데없는 자존심 탓에 돈보다 명예가, 실리보다 남에게 책잡히지 않는 게 중요한 사람이라 돈과 성공이 전부인 요즘 세상에는 현저히 뒤떨어진 인재상이다. 하지만 적어도 내 의뢰인이 다른 변호사를 붙잡고 도움 청하는 일은 만들지 않으려 한다. 실력의 부재는 어쩔 수 없다손 치더라도 태도의 부재는 용납할 수 없다.

나아가다

분노 코드

'복수 주식회사'

영어로 하면 '어벤저스(avengers)'.

내가 가입되어 있는 모임이다. 멤버는 나를 포함해 3명. 나이
대도 직업도 모두 다르지만 친구로 의지하며 지내는 이들인데,
우리 중 누군가에게 부당한 일이 생기면 대신 복수해주겠다는 의
미로 이름을 붙였다.

어제저녁, 오랜만에 모인 자리에서 친구 L이 믿었던 회사 후배
에게 뒤통수 맞은 이야기를 풀 죽은 목소리로 털어놨다. 후배가
회사에서 비리를 저지르고는 선배인 L의 지시에 따른 것뿐이라
고 말했단다. 배신감에 얼마나 마음고생을 했는지 눈이 퀭했다.
그 이야기를 듣자마자 친구 J는 옆자리까지 들릴 정도의 큰 목소
리로, 설사 들어도 개의치 않겠다는 어투로 "아니 이런 XX"라며
아주 시원하게 쌍욕을 내뱉었다.

"우리 복수 주식회사가 나서야겠네. 기다려봐. 내가 모든 인맥

을 동원해서라도 걔한테 복수해줄 테니까." 몇 년 묵은 체증도 뚫어버릴 듯한 J의 말에 L은 언제 그랬냐는 듯 깔깔대며 웃었다.

그리고 오늘 아침 9시 30분. 10시 20분에 열리는 재판을 위해 집을 막 나서려고 할 때 문자가 한 통 도착했다. 발신자는 법원이었다.

「[web발신] 서울중앙지법 20○○가합○○○○○○ 준비서면 부본(20○○. ○○.○자)이(가) 전자 발송되었습니다.」

재판이 채 1시간도 남지 않은 시점에서 오늘 재판의 상대방 변호사가 준비서면을 제출했다는 문자였다.* 문자를 받자마자 분노가 발끝에서 머리끝까지 차올랐다. 법원에 제출하는 서면은 변론기일 일주일 전, 늦어도 3일 전에는 내도록 되어 있다. 그래야 상대방은 물론 재판부도 준비서면을 읽고 재판을 준비할 수 있다. 이러한 최소한의 재판 예절도 갖추지 않은 태도는 결국 재판을 공전, 지연시킨다. 법원에 제출한 서면이 상대방 변호사에게 도달해야** 재판이 수월하게 진행되는데, 재판 직전에 제출하게 되면 상대방 변호사가 서면을 확인하지 못하는 경우가 많고, 재판부는 상대방에게 확인할 시간을 주기 위해 변론기일을 한 번

* 소송서류가 접수되거나 법원의 통지가 있는 경우 대법원 전자소송 사이트를 통해 대리인들에게 실시간 문자로 안내된다
** 상대방이 준비서면을 실제로 수신하는 것을 말한다.

더 열기 때문이다. 안 그래도 늘어지고 있는 사건이라 오늘은 반드시 변론 종결* 을 하겠다는 계획이었지만 그 계획이 또 무산되었다. 상대방 변호사는 이전에도 변론기일 전 날에 준비서면을 낸 전력이 있고 변론기일을 여러 번 변경하기도 해서 불만이었는데, 역시나 이번에도 재판을 지연시키려는 변호사의 꼼수가 보여 순간 입에서 욕지거리가 나왔다. 내가 느닷없이 씩씩대자 출근하려던 남편은 흠칫 놀란 기색이었다. 나는 별다른 설명 없이 남편에게 법원에서 온 문자를 보여줬다.

"아우 씨, 나쁜 놈."

내 마음에 공감한 그가 뱉은 한마디. 그 덕에 나의 분노는 금세 가라앉았다. 인간관계에서 내 사람과 아닌 사람을 가르는 기준 하나가 웃음 코드라고 한다. 그러나 웃음 코드보다 더 중요한 건 분노 코드다. 속되게 말하면 '빡침 포인트'가 일치해야 하는 것.
　힘들고 화나는 일에 상대가 함께 화를 내줄 때, 내가 틀린 게 아니라는 안도감과 함께 그 순간 전해지는 친밀감은 이루 말할 수 없다. 거기에 더해 이러쿵저러쿵 배경지식을 일일이 떠먹여주지 않아도 찰떡같이 알아듣는다면 그보다 더 큰 위로가 없다. 답답한 속을 뚫어주는 소화제가 되고 불타오르는 마음을 식혀주는

---

*　판사가 사건 심리를 위한 재판을 끝내고 선고만을 남겨두는 일.

소화기가 된다. 반대로 잔뜩 씩씩거리며 끓는 속을 토로했는데 상대가 그게 뭐 대수냐는 반응을 보이면 맥 빠지다 못해 서러워진다.

분노 코드가 같다는 건 쉬운 일이 아니다. 내가 잘못되었다고 생각하는 걸 상대도 잘못되었다고 생각하기 위해서는 세상을 바라보는 기준과 시각이 같아야 하고, 그러기 위해선 결국 삶을 대하는 자세나 가치관이 같아야 하니 분노 코드로 결이 맞는 사람인지 확인한다는 건 나름 이유 있는 기준이라고 생각한다.

'복수 주식회사'니 '빡침 포인트'니 우스갯소리 같아 보여도 내 사람을 위해 분노하고 그로써 위로받는 걸 보면 사람 사이를 지탱해주는 힘은 결국 공감과 이해가 전부가 아닐까 싶다. 사람이 사람에게 기대하는 것 뭐 별거 있나. 그게 다지.

일하기 싫은
날

몸은 침대에 누워 있어도 등 뒤에 가시가 돋은 듯 괴롭다. 가까스로 일어나 책상 앞에 앉았지만 5분마다 휴대전화를 뒤적거린다. 일하기 싫을 때 보이는 증상들.

타고나길 성실할 것 같다는 이야기를 주변에서 자주 듣는다. 해야 할 일을 절대 미루지 않을 것 같다는데, 실은 난 참으로 게으른 사람이다. 시쳇말로 '미루기 만렙'. 세상에서 제일 좋아하는 건 아무것도 안 하고 침대에 누워 뒹구는 일이며, 새해가 되면 영어 공부를 하겠다고 연간 온라인 강의를 등록했다가 기간이 만료되기 일쑤다. 헬스장은 등록해놓고 몇 번 가지도 않아 '지역 경제 활성화에 기여하는 기부천사'라는 소리도 듣는다.

"옛말에 손가락이 긴 사람이 게으르다고 했는데 그래서 네가 그렇게 게으른가 보다."

엄마는 내 긴 손가락을 볼 때마다 근거 없는 얘기로 나의 게으름의 근거를 대곤 했다. 누구보다 나를 잘 아는 가족이 이런 말을 할 정도니 정말 게으른 사람 맞다.

내가 천성이 게으르다고 하면 대다수 사람들은 못 믿겠다는 반응을 보인다. 그러나 불행인지 다행인지 내게는 타고난 게으름만큼 타고난 책임감도 있다. 사실 책임감은 공명심이나 소명 의식처럼 대단한 무언가가 아니라 일종의 자존심이다. 남에게 비난받고 싶지 않은 자존심과 성과는 포기할 수 없다는 욕심이 만들어 낸 결과랄까. 이런 책임감 덕분에 여태껏 공부도 하고 시험도 봐서 변호사를 하고 있지만, 욕심과 능력이 비례하지 않은 사람만큼이나 성실함과 책임감이 비례하지 않은 사람도 괴롭다.

천성은 게으른데 책임감이 강하니 몸뚱이는 까딱하지 않으면서 머릿속으로는 계속 할 일을 생각하며 괴로워한다. 거기에 스스로에 대한 자괴감까지 더해지면 괴로움은 배가 된다. 소심한 성격에 주어진 일을 내팽개치고 놀러 나갈 패기도, 잘못된 결과를 감수할 용기도 없다. 그러니 늘 창과 방패처럼 게으름과 책임감이 엎치락뒤치락 싸운다.

그런데 하필 하는 일이 기일이나 기한을 목숨처럼 여겨야 하는 직업. 개인 간의 약속이라면 하루 이틀 미루거나 혹여 어긴다고 해도 회복할 기회가 주어지지만 법으로 정해둔 기한과 횟수를 어기면 되돌릴 방법이 없다. 변호사는 목에 칼이 들어와도 이를 지켜야 한다.

칸트와 비교해도 꿀리지 않을 만큼 정해진 시간을 철저히 지키지만 자신이 정해둔 시간을 지킨 칸트와 달리 외부에서 정해둔 시간을 지켜야 하는 삶은 5분 대기조처럼 언제나 긴장의 연속이다. 휴대전화 캘린더는 매 사건의 기일과 할 일들로 빼곡하고, 일정을 적으면서도 날짜와 시간을 잘못 입력할까봐 몇 번을 확인한다. 먹고사니즘이 이렇게도 무섭다. 나처럼 지독히도 게으른 사람을 얼추 성실해 보이게 만드니 말이다.

생각해보면 가장 일하기 싫을 때는 어중간하게 빠듯한 기한을 두고 있을 때다. 기한이 코앞에 닥치면 일을 하기 싫네 마네 따질 새도 없다. 발등에 불이 떨어지면 몸이 절로 움직인다. 하지만 적당히 발 뻗을 구석이 있는 기한 앞에서는 다른 생각을 할 여유가 있다. 지금 일을 조금 미룬다고 해도 일정 기간 일을 몰아서 하면 기한 안에 완성할 수 있다는 미련한 자신감이 마음 한 켠에 자리한다. 문제는 딴 짓을 하면서도 머릿속으로는 그 일을 하는 데 시간이 얼마나 걸리고 남은 시간은 얼마큼이며 언제부터 시작하면 되는지 끊임없이 계산하느라 노는 게 노는 게 아니라는 거다(그럴 바에 차라리 일을 하자). 기한이 가까워질수록 미루는 마음에는 완벽한 성과를 내야 한다는 불안감, 실패할지도 모른다는 두려움이 깔려 있다. 결과에 대한 중압감이 더 큰 일일수록 더 미루게 된다.

40년 가까이 게으른 자아와 책임감 있는 자아 사이에서 줄다리기하며 살다 보니 이제는 제법 스스로를 다루는 법도 깨쳤다.

게으른 천성은 어쩔 수 없지만 일하기 싫은 이유가 두려움, 불안감, 초조함일 때는 나름의 해결책으로 마음을 달랜다.

결과에 대한 부담감으로 선뜻 일을 시작하기 힘든 날에는 곧바로 핵심 업무를 하기보다 가벼운 업무부터 한다. 예를 들면 소송사건의 서면을 써야 한다면 곧바로 사건 기록을 검토하거나 워드 창을 열지 않고, 관련 판례나 서적을 찾아서 읽는다든지 업무 이메일에 답장하는 일로 시작한다. 해야 하는 일과 직접적인 연관이 없어도 괜찮다. 무언가를 하고 있다는 안도감이 들면 어느새 마음이 편해지며 집 나간 집중력도 돌아온다.

주체할 수 없는 초조함으로 책상 앞에 앉는 일조차 버거운 날도 있다. 그럴 땐 평소 편안함을 느끼는 장소의 도움을 받는다. 즐겨 가는 카페에 가서 일을 한다든지 편한 의자, 소파에 앉거나 심지어 침대에 누워 휴대전화로 서류를 검토하고 메모 어플에 간단히 글을 쓰기도 한다. 완벽하게 세팅된 자리에서 일을 해야 한다는 압박감을 버리면 일하기가 한결 쉬워진다.

고시 공부할 때도 마찬가지였다. 고시 공부를 시작하던 차, 1미터도 되지 않는 고시반 칸막이형 책상에 앉아 하루 종일 주변의 책 넘기는 소리만 듣고 있으려니 답답해 미칠 지경이었다. 이 공간의 모든 이가 나의 경쟁자고 모두 죽어라 공부하고 있다는 생각이 엄습해오면 말 그대로 숨 쉬기가 어려울 정도였다. 책상에 앉아 있는 것조차 힘든 지경이니 이대로 시험을 포기해야 하는 걸까 고민하다 자포자기 반, 객기 반으로 평소 즐겨 찾던 카페로 가 책을 펼쳤다. 나는 시끌벅적할수록 집중을 잘하는 사람이기도 하지만 주변에 고시생이 없으니 부담감이 덜해서 그런지 집중이 잘됐다. 지금이야 '카공족'이란 신조어도 생겼지만 '고시 준비=신림동 고시촌'으로 여겨지던 시절에 그렇게 공부한 건 무모한 도전과도 같은 일이었는데, 그럼에도 합격한 걸 보면 어쩌면 나의 합격 비법은 나만의 공부 방법을 찾은 것일지도 모르겠다.

변호사가 된 지금도 일이 잘되지 않을 때는 나만의 방법을 찾으려고 한다. 그리고 그 시작은 마음의 소리를 듣고 내 기질이 어떤지 생각해보는 일. 타고나는 기질은 선택할 수 없어도 어떤 방식으로 게으른 나를 '조련'해나갈지는 선택할 수 있다.

여전히 나는 할 일을 자주 미루고, 기한이 다가올수록 일하기 싫은 괴로움에 몸부림친다. 하지만 그때마다 내 안에 숨어 있는 불안감, 압박감, 두려움을 불러내어 때론 어르고 달래고, 때론 새로운 방법을 시도하며 매일 용기를 낸다. 그 덕에 지금도 '성실한 변호사'란 오해를 받고 있다.

구별 짓기

"안녕하세요. ○○무용단 기획공연 〈○○○○〉을 찾아주신 여러분 감사드립니다. 저는 오늘 해설을 맡은 문화예술 변호사 박주희입니다."

지난가을, 국립극장에서 열리는 한국무용 공연에 사회자로 섰다. 내가 인사말을 하자 관객석에서는 웅성대는 소리가 났다. 전통 한국무용 공연을 기대하고 왔는데 변호사란 사람이 사회자로 나오니 관객 입장에서는 뜻밖이라는 반응이었다. 관객들이 수군거리는 소리를 들으니 긴장되어 입이 바싹 마르고 떨려왔다. 명색이 생방송 뉴스에 패널로 출연한 지 햇수로 5년인데, 무대에 서는 건 또 다른 차원의 긴장이었다.

무대 뒤에서 대기하다 무대로 혼자 걸어 나가는 일부터 쉽지 않았다. 난생처음 경험한 불 꺼진 무대는 마치 3차원 공간이 2차원으로 오그라든 듯했다. 깊이도 거리도 느껴지지 않는 검은 면으로 변해버린 무대에서 바닥의 희미한 형광 테이프에 의지해 사회자 자리로 걸어 나가려니 오금이 저려왔다. '휴… 다행히 넘어지지 않았다'며 안도의 숨을 쉬려는 찰나 내 머리 위로 하이라이트 조명이 켜졌고, 밝다 못해 뜨거운 그 조명을 홀로 견뎌내야 했다. 입으로는 인사말을 내뱉었지만 머릿속으로는 '중중모리춤', '설장구', '선입무'처럼 좀처럼 입에 붙지 않는 한국무용 용어들이 헷갈리지 않도록 계속 되새겼다. 그런 와중에 웅성대는 소리가 들리니 떨리다 못해 어지러울 지경이었다. 초짜 사회자가 온전히 감당하기에는 벅찬 상황이었지만 주최 측에 누가 될 수는 없다는 책임감으로 정신을 다잡고 인사말을 이어갔다.

"여기 계신 분들 중에 왜 변호사가 무용 공연의 사회를 맡았는지 의아해하실 분들도 많을 것 같습니다. 예술은 그 자체로도 가치가 있지만 많은 사람이 향유하고 경계를 넘어설 때 더 빛을 발하는 것 같습니다. 그런 의미에서 예술과 가장 거리가 멀어 보이는 법률가의 한 사람으로 경계를 넘어서고자 이 자리에 섰습니다."

인사말을 끝맺자 관객석에서는 그제야 얕은 감탄사가 나왔다. 전문 사회자도 아니고 좌중을 휘어잡을 언변이 있지도 않은 내가 한국무용 공연의 해설자 제안을 받아들인 건 인사말처럼 경계 짓지 않는 예술을 몸소 느끼고 싶어서였다. 그렇기에 스스로 부족한 걸 알면서도 '그들만의 잔치'가 아니라 경계를 넘어 새로

운 시도를 하려는 주최 측의 용단을 존중해 사회자 제안을 흔쾌
히 수락했다.

　　문화예술 변호사로 일하면서 예술은 자유로울지 몰라도 예술
계는 꽤나 폐쇄적임을 느끼곤 한다. 예술가라는 같은 범주에 속
해 있어도 각자의 분야에만 몰두하거나 예술가들끼리 은연중 경
계를 짓는 모습을 종종 목도할 때가 있다. 피에르 부르디외(Pierre
Bourdieu)는 향유하는 예술의 취향으로 계층 간 '구별 짓기'가 이뤄
진다고 역설했는데, 예술가 내부에서도 '구별 짓기'가 엄연히 존
재한다. 분파나 장르별 계층은 물론이고, 같은 분야에서도 이름
모를 등급과 우열이 예술가 사이를 가른다. 잘나가는 예술가냐
아니냐를 말하는 게 아니다. 그건 자본주의가 끼어드는 어느 분
야에나 있는 일일 테니.

　　미술계 종사자들을 대상으로 하는 미술품 감정에 관한 강의를
들을 때였다. 강사는 도상봉 작가의 작품에 새겨진 서명을 예로
들며, 알파벳의 간격, 글자 크기, 영문 성과 이름의 배치 변화를
설명했다. 도상봉은 우리나라 1세대 서양화가로 한국적인 정서
를 담아낸 정물화를 그려낸 작가다. 백자를 좋아하는 김환기 작
가와 도자기에 대해 이야기하다 밤을 새운 일화도 유명하다.

　　강사는 어느 날 작품의 작가가 누군지 알려달라는 감정 요청
을 받았다고 한다. 누구의 그림인지는 모르겠지만 '상봉'이란 사

람한테 주는 것 같다며 의뢰인이 보여준 그림은 바로 도상봉 작가의 작품이었다. 도상봉은 'To. SangBong'으로 자주 서명을 했는데, 도상봉을 모르기에 서명을 '상봉에게'로 해석한 것이다. 강사가 그 일화를 소개하자 다들 피식 웃었다. 그 공유된 웃음에는 '우리는 도상봉을 알지'가 전제되어 있었다.

그 순간 어디선가 "아우 무식도 해라. 어쩜 도상봉을 몰라"라는 말이 들려왔다. 자신도 모르게 튀어나온 혼잣말이었던 모양이지만 안타까운 마음이 들었다. 도상봉을 모르는 이를 향한 웃음은 '남은 모를 수 있지만 나는 안다는 사실'로 느끼는 일종의 만족감이라면, 모르는 이에 대한 비난은 몰라선 안 된다는, 모를 수 없다는, 또 다른 차원의 편협함이었다.

도상봉은 분명 우리나라에서 손꼽히는 근대 서양화가이자 나역시 좋아하는 작가지만 그를 아는 게 당연한 것도, 그를 모르는게 무식한 것도 아니다. 애초에 예술의 기본 정신은 확실함에 의심을 품고 당연함에 반기를 들며 확고함을 무너뜨리는 것 아니던가.

예술계에도 분명 구별 짓기가 있고, 아집과 편견, 반목을 지켜보며 실망한 적도 많다. 정치적 목적으로 똘똘 뭉쳐 상대를 음해하거나 이해관계로 서로를 비방하는 분쟁이 예술계에도 존재한다. 작품으로는 평화를 그리는 이가 지인에게 폭력을 행사하고, 무위(無爲)를 노래하는 이가 횡령을 저지르기도 한다. 그리고 나는 그들로부터 의뢰를 받아 고소장을 작성하고 소송을 대리하고 채권 채무 관계를 정리해주며 누구보다 그들의 민낯을 적나라하게 마주한다. 그 어느 것에도 얽매이지 않고 경계를 무너뜨리고 한계를 넘어서는 '정답' 없는 자유를 예술이라고 동경하던 환상이 깨진 뒤 얻게 된 깨달음은 예술계도 별반 다르지 않은, 결국 사람 사는 곳이라는 것이다. 그렇게 보면 예술을 하는 일보다 '예술'처럼 사는 일이 얼마나 어려운 일인가 싶으면서 반대로 이 요절복통, 복잡다단, 표리부동한 인간의 혼란과 불안을 보여주는 우리네 삶 자체가 어쩌면 예술이라는 생각도 든다.

그럼에도 어느 예술가는 지금 이 순간에도 묵묵히 경계를 허물고 당연한 것과 싸우고 있을 터. 나는 그를 응원하며 조금이나마 힘을 보태고자 한다.

참는 변호사에게
승소가 있나니

"왜 가만히 있나요? 님도 과감하게 할 말하고 상대랑 손절하세요."

인터넷 게시판에 고민 상담 글이 올라오면 어김없이 이런 댓글이 달리고, 사람들은 시원하다며 좋아한다. 일말의 부당함도 참지 않고 당당히 따질 수 있는 용기, 할 말은 하는 패기. 요즘 시대에 요구되는 기본자세지만 반대로 웬만한 일은 참아내야 하는 인내와 절제력이 요구되는 직업도 있다.

4년 전 저녁 9시가 다 되어가는 시간, 남편이 25도짜리 소주가 담긴 비닐봉지를 한 손에 들고 퇴근했다. 술을 즐겨하지도 않는 사람인데 붉으락푸르락한 얼굴로 집에 오자마자 소주병을 따더니 연신 들이켰다. 평소와 다른 모습에 놀라 대체 무슨 일이냐 물으니 오늘 검찰 조사에서 생전 느껴보지 못한 모멸감을 느꼈다고 했다. 성격이 무던하고 자존감이 높은 사람이라 웬만해선 타인의 행동에 반응하거나 화를 내지 않는데, 그가 이런 말을 할 정도면 정말 안 좋은 일이었던 게 분명했다.

남편은 투자 사기를 당한 피해자의 고소 사건을 맡고 있었다. 검찰에서 고소인 조사가 진행돼 6시간 동안 조사에 입회하고 오는 길이었다. 그런데 조사 초반부터 담당 검사가 고소장에 자를 대고 한 줄씩 읽으며 피식피식 웃었다고 한다. 아무리 사실관계를 설명하려 해도 납득할 수 없다며 말을 툭툭 끊어버리거나, 이러면 무고죄가 될 수 있다고 윽박을 지르고, 그래도 같은 주장을 계속하니 나중에는 고소인을 의자에서 일으켜 세워 서서 조사를 받게 시켰다고 한다.

변호사 생활 10년 넘게 하며 별별 일을 다 겪었어도 고소인에게 서서 조사받으라고 하는 건 처음이었다며 소주를 들이켰다. 피의자도 아니고 피해를 당했다고 고소한 고소인을 다그치는 게 말이 되지 않을뿐더러 고소인을 앉지 못하게 하고 세워두는 행위는 인권침해로도 볼 수 있다.

"그걸 가만히 있었어? 항의했어야지." 나는 얘기를 듣다 참지 못하고 실컷 시달리고 온 남편을 또 다그쳤다. 남편은 "검사는 이미 불기소로 기울어 있는데 내가 거기서 들이받으면 그 사건은 거기서 그냥 끝이야. 빼도 박도 못하게 증거랑 법리 다시 정리해서 우리 말이 맞다는 의견서 낼 거야"라며 두고 보라고 했다. 그 말을 듣는 순간 그의 심정이 너무나도 이해돼 더 이상 말을 잇지 못했다.

그 일이 있은 뒤 얼마 지나지 않아 나는 피의자로 검찰 조사를 앞둔 힙합 레이블사 대표의 변호인으로 선임되어 조사 입회를 하게 되었다. 의뢰인과 함께 담당 검사실에 들어가 "안녕하세요. 오늘 2시에 조사가 예정되어 있는 ○○○의 변호…"라는 말을 채 하기도 전에 중년의 수사관은 떨떠름한 표정으로 의뢰인의 얼굴을 노려보며 "○○○ 씨?"라고 물었다. 자리에 앉자 수사관은 다시 한번 의뢰인의 얼굴을 뚫어지게 쳐다보며 "○○○ 씨?"라며 재차 물었다. 속으로 '약속된 시간에 온 거 보면 뻔히 누군지 알면서 왜 여러 번이나 묻는 거야?'라는 생각이 들었다.

"허허. 아이고, 난 얼마나 대단한 사람이 오시는지 얼굴 좀 보려고 기다렸네. 대체 얼마나 바쁘신 분이길래 수사관한테 점심 좀 늦게 먹으라 마라 하나. 수사관 생활 25년 만에 피의자가 수사관한테 점심 좀 늦게 먹으라고 하는 건 처음 봤네. 우리 검사님도 ○○○ 씨 얼굴 좀 봐야겠다고 기다리시다가 일 때문에 잠깐 자리 비우셨는데, 우리 검사님하고 내가 아주 기분이 나빠서. 어?"

수사관은 준비했다는 듯이 빈정거리기 시작했다. 수사관은 의뢰인에게 오후 출석을 통보했지만 의뢰인이 오후 늦게 외국 손님과 중요한 미팅이 있어 오전은 안 되겠냐고 물었다고 한다. 수사관이 오전에 조사가 다 끝나지 않을 듯해 안 된다고 하자, 의뢰인은 점심을 조금 늦게 먹으면 되지 않겠냐고 한 것이다.

조사 일정은 당연히 서로 간의 사정을 보며 조율한다. 하지만 대개는 조사를 받는 사람이 수사기관에 협조하며 공손한 태도를 취하다 보니 점심밥 좀 늦게 먹으면 안 되냐고 물은 게 수사관 입장에서는 꽤나 불쾌했나 보다. 그리고 모르긴 몰라도 힙합 프로듀서답게 살짝 건들거리는 의뢰인의 평소 말투도 아마 그의 화를 돋우는 데 한몫했으리라.

나는 조사 일정이 확정되고 선임된 터라 이러한 내막을 알지 못했다. 상황을 파악하고는 얼른 "수사관님 죄송합니다. 원래 오늘 오후에 외국에서 오는 손님과 사업상 중요한 미팅이 있어서 오전으로 바꿔주십사 했던 건데요. 그래도 성실히 조사받으려고 일정을 바꿔서 이렇게 출석했습니다"라며 내가 급하게 사과하자, 면이 섰는지 아니면 멋쩍었던 건지 목을 길게 가다듬으며 더이상 말을 하지 않고 조사를 시작했다.

그런데 4절을 준비했는데 1절에서 그쳐 억울했나 보다. 그는 조사를 하다가 이내 다시 "아니 내가, 어? 살다 살다 피의자가 수사관한테 밥 좀 늦게 먹으라 마라 하는 건 처음이었어"라며 2절을 시작했다. 의뢰인도 참지 못하고 짜증난다는 말투로 따져 물으려 하기에 의뢰인의 팔을 잡고 끼어들어 "아휴, 그러셨겠네요"라며 진정시켰다. 그러자 수사관은 아예 날 쳐다보며 "변호사님 그렇지 않아요? 피의자로 조사를 받아야 할 사람이, 네?"라며 억울함을 토로했다. 내가 수긍하자 그제야 분이 풀렸다는 표정으로 본격적으로 조사를 이어나갔다.

4시간가량의 조사가 끝나고, 의뢰인은 고생하셨다며 사무실까지 데려다주겠다고 했다. 검찰청의 회색 건물과는 도통 어울리지 않는, 100미터 밖에서도 눈에 띄는 그의 노란색 람보르기니에 올라탔다. 그는 차에 타자마자 수사관의 태도에 불만을 쏟아내며 단전에서부터 끓어오르는 탄식을 토해냈다. 내가 없었으면 상욕을 했을 텐데 애써 참고 있는 모습이었다. 그는 "변호사님이 안 말렸으면 한 대 쳤어요. 변호사님은 아까 같은 상황에서 화 안 나세요?"라며 그가 물었다. 형태는 질문이었지만, 의뢰인이 놓인 부당한 상황에 변호사가 대신 따지거나 싸워주지 않은 것에 대한 실망이 묻어 있음을 내가 모를 리 없었다.

나라고 왜 화가 안 나겠나. 심지어 내가 한 일로 욕먹는 것도 아니니 더 억울하지. 쥐꼬리만 한 권력 좀 가졌다고 툴툴대는 모습이 누구보다 꼴 보기 싫은 사람이다. 그런 빈정거림을 개인적으로 들었다면 바로 따져 물었을 거다.

"저도 화가 나죠. 밥 좀 늦게 먹으면 안 되냐는 말이 얼마나 큰 잘못이라고. 근데 제가 그런 걸로 날을 세우면 뭐가 좋나요? 대표님에게 좋을 게 전혀 없어요. 사건은 저들이 판단하는데 괜히 기분 상하게 했다가 우리에게 불리해지면 안 되니까요. 사건이 잘 처리되는 게 우리가 이기는 거예요."

의뢰인은 고개를 끄덕이다 금세 절레절레 저으며 "그래도 전
못 참아요. 한 번 들이받고 말지"라고 덧붙였다. 그래, 당신은 그
럴 수 있지. 반항과 자유가 힙합 정신이니까.

변호사는 업무 과정에서 많은 사람을 만난다. 의뢰인은 물론
소송에서는 판사를, 수사 절차에서는 검사와 경찰, 수사관들과
관계를 맺는다. 그런데 아무리 법 규정과 지침, 정해진 매뉴얼이
있다 해도 결국 일을 처리하는 건 사람이니 결국 그 사람의 성격
이 드러나기 마련이다. 그들 중에는 친절하고 배려가 묻어나는
상대가 있는가 하면 반대로 까칠하거나 삐딱하고 무례한 이들도
있다. 변호사가 그때마다 불쾌감을 표시하고 화를 낼 수는 없다.
당장 내지르면 속은 후련하겠지만 사건의 결과를 생각하면 그래
서는 안 된다. 그들은 내가 담당하는 사건의 열쇠를 쥐고 있고, 그
렇기에 결과에 영향을 주는 부당함이나 위법이 있지 않는 이상
구태여 그들의 감정을 자극할 필요가 없다. 하지만 대다수의 불
쾌한 상황은 수면 밖으로 끌어올려 공론화하기에는 부족한, 태도
의 문제나 손톱만 한 권력의 남용이다(어쩌면 문제 제기할 수 없는 그런 갑
질이 더 악질이다).

법률 사건 중에서는 사실관계와 증거가 명확하고 답이 분명하
게 떨어지는 사건도 있지만 대부분은 우리네 삶처럼 사실관계가

실타래처럼 얽히고설켜 있고, 증거는 불명확하며 보는 시각에 따라 다른 결론이 나올 때가 많다. 온라인에서 논란되는 이슈만 봐도 양측의 입장이 너무 달라 누구의 말이 맞는지 확신할 수 없지 않은가.

그럴 땐 결국 해석과 판단의 문제로 남는다. 이때 변호사의 역할은 해석과 판단의 결정권을 쥔 그들을 최대한 설득해 의뢰인의 입장에 조금이라도 귀 기울이게 하는 것이다. 그러니 변호사의 진짜 싸움은 그들이 우리 쪽 손을 들어줄 수 있도록 빠져나갈 수 없는 논리를 구성하고 법리와 증거를 정리하며 이뤄진다. 모멸감 느끼는 검찰 조사 이후에 이 악물고 검사를 설득하기 위한 의견서를 4번씩이나 써서 제출한 남편처럼.

얼마 뒤 나의 의뢰인은 혐의 없음 처분이 나왔고, 몇 달 뒤 남편이 고소한 상대방은 검사가 기소해 결국 사기죄로 징역형을 선고받았다. 검사가 상대방을 기소했다는 통지를 받고 남편은 의기양양하게 "거봐. 내가 잘 참았지. 그때 그 검사를 들이받았으면 끝났어"라고 말했다(하지만 그때의 앙금이 남아서 매년 검찰 정기 인사가 있을 때마다 얼마나 잘나가는지 지켜본다며 검사의 이름을 찾아보는 남편이다).

언제나 맞는 말은 아니지만 변호사는 결과로 말한다. 그리고 의뢰인을 위해서라면 당장의 자존심 따위는 참고 견딜 수 있어야 한다. 사건의 결과에 부정적인 영향을 주는 요소는 모두 제거하고 최선을 다해야 한다. 조금이라도 부정 탈까봐 문지방도 밟지 않는 수험생 부모의 마음이랄까. 오늘도 마음속으로 되뇐다.

'참는 변호사에게 승소가 있나니.'

꿈 없이
살아가기

"변호사님의 꿈은 뭔가요?"

민망하게도 3년 전 모 일간지에 나의 인터뷰가 한 면 가득 대
문짝만 하게 실린 적이 있다. 문화예술 변호사가 워낙 드물다 보
니 날 취재한 것이었는데 문화예술 변호사로서의 이력이라든지
업무하며 기억에 남는 점 등에 관해 3시간가량 문답하다 마지막
으로 받은 질문이었다.

꿈을 묻는 질문에 속으로 당황했지만 문맥상 문화예술 변호사
로서의 포부나 목표를 묻는 것임을 알아채고는 예술가들이 문화
예술 산업에서 약자가 되지 않도록 법률과 예술의 중간자로서 조
력하는, 예술가를 위한 '카운슬러'가 되고 싶다고 답했다.

물론 이는 진심으로 내가 하고 싶은 일이지만 솔직히 말하면
'꿈'은 아니다. 세상은 큰 꿈을 갖고 살아야 한다고 부추기지만
나는 꿈이 없다. 모두가 긍정과 희망을 양손에 쥐고 원대한 꿈을
향해 전력질주하는 와중에 꿈이 없다고 입 밖으로 내는 일은 나
스스로 진취적이지 않은 사람이라고 자인하는 것 같아서, 경기를

중도 포기하는 패배자처럼 보일까봐 누가 꼬치꼬치 묻지 않는 한 꿈이 없다는 얘기를 하지는 않는다. 하지만 그렇다고 없는 꿈을 꾸며낼 수는 없다. 물론 꿈이 있고 없고는 꿈을 어떻게 정의하느냐에 따라 달라질 테지만 살면서 달성하고 싶은 성과나 성취하고 싶은 목표를 의미한다면 그런 꿈을 품고 살지 않은 지 오래다.

돌이켜보면 나도 그런 꿈을 가진 때가 있었다. 전교 1등 하기, 좋은 대학 진학하기처럼 제 나이에 주어진 과업을 누구보다 먼저, 잘 달성하려고 애썼다. 초등학교 때는 '올백'이란 말이 영어 'All'과 '100점'의 근본 없는 합성어라는 사실도 모른 채 이번 시험에서는 '올백'을 맞을 거라고 떠들어댔고, 잔뜩 경쟁심이 달아오른 중학교 시절에는 달성하고 싶은 과목별 점수를 책상 앞에 크게 붙여놓기도, 고등학교 시절에는 진학하고 싶은 대학교 학생회관에서 산 학교 기념품을 가지고 다니기도 했다. 그렇게 마음에 품었던 꿈 전부가 이뤄지지는 않았지만 얼추 그 언저리에는 도달했던 것 같다.

마지막으로 간절히 원했던 꿈은 사시 합격이었다. 어려서부터 단 한번도 법률가가 되기를 꿈꾼 적은 없다. 2년이라는 긴 시간을 불안감에 저당 잡히고 자존감을 바닥까지 내보이며 시험을 준비한 수험생으로서 응당 가지는 바람이었을 뿐 법률가가 되어야겠다는 소망이나 소명 의식에서 비롯된 간절함은 아니었다.

대한민국의 입시는 일종의 패스트푸드 같다. 누구는 A 세트,

누구는 B 세트. 패스트푸드점 세트 메뉴마냥 성적에 따라 그에 맞게 갈 수 있는 학교가 정해져 있고, 그 안에서 내가 선택할 수 있는 건 음료를 콜라로 할 건지, 사이다로 할 건지 정도다. 그마저도 세상의 기준이나 주변의 권유에 휩쓸리기 마련인데, 나 역시 그랬다. 대한민국 대다수의 수험생이 그러하듯 부모님의 권유에 떠밀려 학과를 선택했다.

그렇게 진학한 학교에서 갑자기 법률가를 꿈꾸게 될 리 만무하고, 대학 생활 내내 갈피를 잡지 못하고 어영부영했다. 어릴 적부터 판검사를 꿈꿔왔다는 동기들은 1학년 1학기를 마치자마자 마치 터진 물길을 흐르는 물처럼 일말의 망설임도 없이 신림동 고시촌에 들어가거나 학원에서 사시 대비용 수업을 들었다. 그런데 흔들림 없는 친구들의 모습에 샘이 났던 건지 아니면 나는 너희들과 다르다는 걸 내세우려 했던 건지 젠체하며 사시를 보지 않겠다고 공공연히 말하고 다녔다. 그렇다고 해서 딱히 다른 대안이 있지도 않았다. 그저 창의적인 일을 하고 싶었던 어릴 적 꿈과 정반대 선상의 학과에 왔다는 반항심과 불만만 가득했을 뿐 그곳에서 탈출할 용기나 패기가 있던 것도 아니었다. 그나마 한 것이라곤 친구들이 고시촌에 들어갈 때 여행을 하고, 미술관과 전시장을 다니며 학예사 시험을 준비할까 기웃대는 게 전부였다.

그런데 나도 별수 없는 건 매일 입버릇처럼 법대가 싫다고 했지만 성적을 잘 받아두는 일은 게을리하지 않았다는 것이다. 법대가 좋다는 주변 어른들의 말을 뿌리칠 용기가 없던 것처럼 성적을 과감히 내버려둘 용기도 없었다. 그렇게 4년 내내 우등상과 성적 장학금을 받았다. 오죽하면 누군가는 나를 가리켜 "언뜻 자유로워 보이지만 절대 인습과 관습에 벗어나지 않는 애"라고 평하기도 했을까.

3학년 1학기가 지나자 진로 선택을 해야 할 때가 되었다. 다른 동기들처럼 고시 공부를 할지, 취업을 할지, 아니면 전혀 다른 길을 갈지. 그런데 인습과 관습에 갇힌 나는 또다시 남들이 좋다는 선택을 했다. 바로 사시를 준비하는 것. 공부에도 때가 있으니 한 살이라도 어릴 때 눈 딱 감고 한번 응시해보고 안 되면 다른 길을 가겠다는 마음으로 덤볐다. 사시를 보겠다고 하자 주변에선 "그래. 법대를 왔으면 사시를 봐야지. 잘 선택했다"며 내 선택을 반겼다.

법률가를 되고 싶진 않은데 사시를 준비하는 사람, 그게 나였다. 공부를 시작할 때만 해도 '한번 해보고 안 되면 말지 뭐' 하는 마음으로 꽤나 자신감 있게 뛰어들었는데 막상 공부를 시작하니 언제 그랬냐는 듯 자신감은 고꾸라지다 못해 비굴해졌다. 합격률 3퍼센트의 시험. 뚜렷한 목표가 있는 사람도 버텨내기 힘든 수험 생활인데 '되면 좋고 안 되면 말고' 자세로 뛰어든 내가 제정신으로 버티기는 불가능했다. 없는 체력을 짜내고, 매일 밤을 불안과 자괴감으로 지새우며 2년을 보냈다.

6월에 2차 시험이 끝나고 10월의 발표를 기다리는 4개월 동안 누구보다 간절히 합격하길 빌었다. 시험을 준비해본 사람이라면 누구나 결과에 연연하지 않을 수 없음을 이해할 거다. 게다가 수험 생활이 힘들수록 합격을 향한 간절함은 배가 된다. 법률가가 되고 싶은지 아닌지는 다음 문제다.

간절함이 하늘에 닿았는지 합격자 명단에 내 이름을 올렸다. 그런데 합격 소식을 듣고 이상하리만치 기분이 좋지 않았다. 아니 기분은 좋았지만 뛸 듯이 기쁘다거나 행복하지 않았다. 그렇게도 절박하게 바라던 합격이었는데, 막상 소식을 들으니 허탈감이랄까 나를 가득 채우고 있던 무언가가 와락 빠져나간 기분이 들었다. 2년 동안 앞만 보고 죽어라 달려왔던 목표물이 갑자기 사라져 방향을 잃고 헤매는 신세가 됐다. 주변의 축하 인사도 마음이 채워지지 않는 공허한 나날이었다. 또 한편으로는 이곳에 발이 매여 이제는 영영 다른 길을 갈 수 없다는 낙망이 나를 괴롭혔다. 이제는 곧 죽어도 법률가로 살아야 하는, 이곳에서 빠져나갈 마지막 퇴로마저 막힌 느낌.

원하지 않던 걸 원하더니, 얻고 나서는 만족스럽지 않은 마음. 이 무슨 도둑놈의 심보냐 싶은데 그 도둑놈의 심보 덕에 그제야 진지하게 '꿈'이 무엇인지 생각해보게 됐다.

합격 소식에 축하와 더불어 여기저기서 들려오는 말은 사시를 합격해도 사법연수원 성적이 좋지 않으면 임관은 어렵다더라부터 요즘 변호사는 먹고살기 힘들다더라, 판검사가 돼도 초임지가 수도권이 아니면 안 된다더라 등등 어떻게 하면 안 된다는 이야기와 어떻게 해야 좋다는 이야기들만 한가득이었다. 사시 합격도 이렇게 죽을 둥 살 둥 힘들었는데 사법연수원에서의 성적 경쟁이 끝이 아니며, 판사로 임관되더라도 누가 부장판사를 먼저 다느냐, 결혼은 어떤 상대와 하고, 강남에 자가가 있는지, 몇 평인지 등 끝도 없이 어려워지는 미션을 꾸역꾸역 수행하며 사는 미래의 내 모습이 머릿속으로 그려지자 아찔해서 구역질이 나왔다.

우수한 성적, 좋은 학교로의 진학처럼 세상이 좋다고 하는 것을 나도 좋다고 여기며 여기까지 왔지만, 세상이 좋다고 해도 내가 좋아하지 않으면 선택하지 말아야겠다고 깨닫게 된 때였다. 그리고 그 세속적인 꿈의 고리를 나 스스로의 용기와 결단으로 끊어내지 않으면 다른 길을 가지 않은 걸 평생 후회하며 이도 저도 아닌 삶을 살게 될 것 같았다.

그 이후로는 주어진 퀘스트를 잘 수행하고, 보상받아 다음 레벨로 업그레이드하는 게임과 같은 삶을 더 이상 살지 않는다. 게임을 잘하는 방법은 게임에서 버텨서 이기거나 게임 판에서 빠져나오는 것인데 나는 후자를 택했다.

지인들은 가끔 날 보고 재능에 비해 야망이 너무 없다고, 욕심을 더 내보라며 채근하지만 나는 마음의 소리에 집중하며 살기로 마음먹었다. 십 몇 년을 이렇게 살다 보니 내가 진심으로 원하는 것과 세상이 원하는 것을 분간하는 눈도 생겼다.

그렇다고 아무런 의욕이나 방향성 없이 되는 대로 인생을 살지도 않는다. 주어진 일에 최선을 다하며 변호사로서 얻는 성취와 결과도 삶의 원동력 중 하나다. 물론 돈벌이도 중요한 문제다. 다만 그게 내 삶의 가치를 좌우하는 꿈이 아닐 뿐이다. 이제는 내가 무엇을 가졌고, 어느 자리에 있는지보다 세상의 눈에서 한 발짝 떨어져 '어떻게 살지', '어떤 사람이 될지'에 더 집중하는 요즘이다. 이렇게 꿈이 없어도 행복할 수 있다는 걸 세상에 몸소 보여주고 싶다.

우아한 삶

"어서오세요."

"안녕히 가세요."

"출발합니다. 손잡이 꼭 잡으세요."

가끔 시내버스를 타면 타고 내리는 승객에게 나긋한 인사를 건네는 버스 기사를 만날 때가 있다. 승객 중에는 "안녕하세요"로 답하거나 간단히 목례하는 사람들도 있지만 기사석을 무심히 스쳐 지나가는 이도 많다. 저마다 바쁜 일상을 살아가는 사람들일 테니 기사의 인사에 답하지 않았다고 놀랄 일은 아니고, 그보다는 인사를 받지 않는 승객에도 개의치 않고 정류장에 설 때마다 승객을 인사로 맞아주는 기사의 친절한 태도가 놀라울 뿐이다.

한숨이 절로 나오는 서울의 교통체증과 복잡한 도로 위에서 하루 종일 운전대를 잡고 있는 것만으로도 피곤할 텐데 그 와중에 따스한 인사까지 건네는 모습에 감탄하지 않을 수 없다. 보통의 사람이라면 인사는커녕 매너리즘에 빠져 무표정한 얼굴로 교대 시간만 기다리고 있을 텐데 말이다.

그리고 무엇보다도 상사가 버스에 앉아서 인사를 하는지 지켜
보는 것도 아니고 승객에게 인사를 한다고 해서 수입이 더 늘어
나는 것도 아닐 텐데 자발적으로 하지 않아도 될 수고를 기꺼이
감수하는 그들의 모습이 더없이 우아해 보인다. 자신의 직업에
부여하는 자부심이라든지 같은 일을 하더라도 즐겁게 하겠다는
고오한 다짐 같은 것에서 우러나온 게 아닐까 싶다.

내게 어떤 삶을 추구하는지 물어보면 서슴없이 '우아한 삶'이
라고 답한다. 내가 말하는 우아한 삶이란 좋은 집에서 좋은 옷을
입고 좋은 음식을 먹는 물질적인 걸 뜻하지 않는다. 방향과 속도
를 온전히 내가 결정하는 삶, 달리 말하면 남에게 끌려가지 않고
주체적으로 사는 삶을 의미한다. 혼자 있을 때에도 바른 자세를
유지한다든지, 남 앞이라고 해서 말과 행동이 달라지지 않고, 혼
자 식사를 할 때에도 수저의 짝을 맞추고 정갈하게 상을 차릴 여
유가 있는 삶 말이다.

예전에 지인 중 하나는 다른 사람이 알아줄 리 없지만 피부에
직접 닿는 속옷은 제일 비싸고 좋은 걸로 입고 심지어 세탁 후에
는 다리미로 다리기까지 한다고 했다. 그게 속옷을 입을 자신의
몸에 대한 예의라면서. 누구는 웬 괴벽이냐 할지 모르겠다. 하지
만 나는 보이지 않는 곳에서 스스로를 위할 줄 아는 그의 태도가
참 우아하다고 생각했다.

영화 〈퍼펙트 데이즈〉의 주인공 히라야마는 그런 관점에서 보

면 완벽하게 우아한 삶을 사는 사람이다. 비록 좁고 낡은 집에 혼자 살지만 그는 일어나자마자 깔끔하게 이부자리를 정리하고, 키우는 식물에 물을 주는 일로 하루를 시작한다. 공중화장실 청소부인 그는 "어차피 더러워질 거잖아요?"라는 동료의 물음에도 맨손으로 서슴없이 화장실 바닥에 널브러진 쓰레기를 줍고, 거울로 보이지 않는 곳까지 비춰가며 청소한다. 그렇게까지 정성을 들이는 건 누가 시켜서, 누구에게 보여주기 위해서가 아니다. 그저 그가 원하기 때문에. 그렇게 해야 한다고 생각해서. 주체적으로 자신의 일에 최선을 다한다.

무엇보다 그는 일상 속 아름다움을 보는 우아한 눈을 가졌다. 아침에 집을 나서며 제일 먼저 하늘을 올려다보고, 화장실 청소를 하면서도 틈틈이 창문에 일렁이는 햇살과 흔들리는 나뭇가지를 감상한다. 단풍나무 새순을 발견하고 기뻐할 줄 알고, 세상의 아름다움을 필름 카메라에 담는 취미도 즐긴다.

그리고 꽤 세련된 취향을 가졌는데, 출퇴근길 차 안에서는 카세트테이프로 올드팝을 듣고, 잠자리에 누워서는 윌리엄 포크너의 책을 읽는다. 이 모든 취미와 취향은 누구에게 과시하기 위함이 아니며 세상의 유행에 휩쓸리는 것도 아닌 온전히 자신의 즐거움을 위해 그가 주체적으로 선택한 것들이다. 경험이 명품 브랜드 라벨마냥 우월함을 뽐내는 특권이 되고 취향도 상품처럼 파는 세상이 되어버린 요즘, 잡념 없이 순수하게 자신을 위해 즐기는 모습이 얼마나 우아하게 느껴졌는지 모른다.

삶의 방향과 속도의 키를 밖에 내어주었을 때 그저 우아하지 않은 결정으로 끝나면 좋으련만 거기서 그치지 않고 사람은 추레해지기 십상이다. 이디스 워튼의 소설《징구》에 나오는 사교 모임의 여성들처럼 남에게 무시당하지 않으려 알맹이 없는 말을 떠들고, 끊임없는 타인과의 비교 속에 인정을 갈급해하다 보면 결국 텅 빈 속을 들키고 마니까.

하지만 잠깐 SNS를 둘러보는 것만으로도 얄팍한 위화감에 마음이 출렁댄다. 내가 세운 기준은 남의 시선에 쉽게 녹아내리고, 신념은 세상에 휩쓸려 금세 무너지고 마니 줏대를 가지고 우아하게 사는 게 쉽지만은 않다.

그럼에도 나만의 방향과 속도로 살아보겠다고 매일 도를 닦는 심정으로 온 마음을 다해 세상의 잡음에 흩어진 나의 줏대와 자존심과 가치와 원칙, 미감들을 끌어모은다. 어쩌면 우아하다는 건 보이는 결과가 아니라 흔들림을 버텨내는 과정일지도 모르겠다.

사촌이 땅을 사면
마음이 놓인다

흔히들 사촌이 땅을 사면 배가 아프다는 말을 한다. 가까운 사람이 잘되는 꼴을 보면 시기심에 배알이 꼴린다는 말이다. 하지만 변호사에게는, 아니 적어도 내게는 통하지 않는다. 내가 남들보다 유난히 마음씨가 곱거나 인격이 훌륭해서 남이 잘되는 모습에도 초연한 것이 절대 아니다. 오히려 심지가 굳지 못한 사람이라 나를 위한 욕심으로 가까운 사람들이 잘되길 바란다.

변호사 업무를 하며 만나는 사람들 대부분은 좋은 일보다는 어렵고 힘든 일을 겪고 있다. 억울하고, 황당하고, 분하고, 화나고, 슬퍼하는 사람들. 그리고 그들이 지고 있는 멍에를 벗겨달라고, 함께 화내고 대신 싸워 달라고 변호사를 찾아온다.

곤경에 처한 사람을 도와줄 수 있어서 보람이나 자부심을 느끼기도 하지만 때론 내 어깨에 지워진 짐이 버겁게 느껴지기도 한다. 언젠가 송사에 얽혀 받는 스트레스는 배우자가 사망했을 때 받는 스트레스에 맞먹는다는 연구 결과 기사를 읽고 고개를 끄덕인 적이 있다. 어디서, 어떻게 나온 결과인지는 모르겠지만 실제 그 스트레스를 겪는 이들을 지켜보는 사람으로 연구 결과가 영 틀리지 않았다는 걸 안다.

법률 분쟁으로 번지게 만든, 짧게는 몇 개월, 길게는 몇 십 년 동안의 얽히고설킨 갈등이 있을 테고 소송을 하면서 상대방의 억지 주장과 새빨간 거짓말에 또 한번 분통을 터트리게 된다. 그리고 최종적인 결론이 나오기까지의 지난한 기다림과 초조함이 사람의 진을 빼버린다. 거기에 원치 않는 결과까지 더해진다면 인간에 대한 환멸이나 사회를 향한 불신으로 이어진다. 그러니 송사를 겪으며 화병이 생기지 않는 게 신기하다.

미디어 속에서 그려지는 변호사는 책상에 앉아 잔뜩 쌓인 서류 더미를 읽고, 상대방의 코를 납작하게 만들 판례나 법리를 찾아내고, 재판에 나가서 속 시원하게 법리적 주장을 하며 다툰다. 그러나 현실 속 변호사는 분노하고, 슬퍼하고, 지치고, 불안해하는 의뢰인을 함께 공감해주고 다독이는 일에 더 많은 시간과 에너지를 할애한다. 변호사는 의뢰인이 겪은 사실관계를 날것 그대로 보고 들으니 변호사만큼 의뢰인이 느끼는 고통이나 아픔을 잘 이해하는 사람도 없다. 여기서 중요한 건 의뢰인의 눈높이에 맞는 공감을 하되 의뢰인이 편안히 기댈 수 있도록 흔들림 없는 태도를 잃지 않는 것이다. 눈물을 닦아줄 휴지와 싸우는 칼을 동시에 들고 있어야 한달까.

그런데 강하지 못하고 열없는 성격의 나로서는 힘들어 하는 이들을 지켜보는 일에 가끔 지치기도 한다. 아픈 환자를 만나는 의사나 고해성사를 듣는 신부의 마음이 이럴까. 매일 누군가의 힘겨운 상황, 걱정과 근심, 흔들리는 감정을 마주하는 건 꽤나 많은 에너지와 마음을 소진시킨다. 동시에 나 또한 감정의 소용돌이에 매몰되지 않도록 중심을 잡는 데에도 에너지를 쏟아야 한다. 무쇠는 두드릴수록 단단해진다는데, 힘든 사람들에 익숙해질 법도 한데 왜 내 마음은 좀처럼 단단해지지 않는 건지 답답해하기도 하고, 그렇다고 타인의 고통에 무심한 사람은 되기 싫으니 참아내자며 스스로 다독이기도 한다.

의뢰인의 전화를 유난히 많이 받은 어느 날, 저녁에 통화 내용을 정리했더니 그날 받은 전화 30통이 모두 힘들다는 넋두리였던 적도 있다. 그런 날은 '오늘도 나는 나의 마음을 많이 내어줬구나. 고생했다'라고 생각한다. 간혹 남편은 말없이 맥주 한 캔을 마신다. 의뢰인의 가슴 아픈 삶에서 긁혀온 생채기를 마치 알코올로 소독하려는 사람처럼. 누군가는 "애걔걔, 그래봤자 변호사에게는 다 남 일 아니냐" 할지 모르지만 그렇다면 이렇게 답하고 싶다. 픽션인 영화를 보면서도 슬퍼서 눈물이 흐르는데, 슬픈 이를 바로 곁에서 지켜보는 사람의 마음은 어떨 것 같냐고.

그리고 유난히 심리적으로 힘들 때는 지인의 사건을 처리할 때다. 가끔씩 지인들로부터 시간 좀 내줄 수 있냐는 연락을 받을 때가 있다. 이럴 땐 변호사의 직감으로 알 수 있다.

'아, 이 사람에게 무슨 일이 생겼구나.'

'무언가 묵직한 돌덩이를 던져 놓겠구나.'

난 그 돌덩이를 받아줄 마음의 준비를 단단히 하고 그를 만난다. 내가 당황하거나 놀라는 모습을 보이면 상대는 움츠러들거나 불안해할지도 모르니 어떤 이야기에도 흔들리지 않는 태연하고 의연한 얼굴을 준비하는 것도 잊지 않는다.

지인들의 사건을 처리할 때에는 마음 단속에도 능해야 한다. 변호사도 사람인지라 내가 좋아하고 사랑하는 사람이 힘들어 하는 모습을 지켜봐야 할 때는 평소보다 더 가슴 아프고 마음이 아리다. 그럴 땐 변호사로서의 책임감에 개인적인 애정까지 더해 최대한 좋은 결과를 이끌어낼 수 있도록 그 어느 때보다 열과 성을 다해 일에 몰두한다. 하지만 지인에게는 당신이 처한 일은 별 거 아니라는 듯 말하며 상대를 안심시켜야 할 때도 있고, 반대로 자신의 치부를 드러내어 부끄러워할지도 모르는 지인에게는 나는 당신이 처한 상황에 어떠한 가치 판단도 하지 않는다는 태도로 그의 민망함을 덜어줘야 할 때도 있다.

고난을 함께 겪은 뒤 보이는 반응은 사람마다 제각각이라 일을 계기로 인연을 서먹하게 떠나보내게 될지도 모른다는 것 역시 감수해야 한다. 사건이 잘 해결되면 전우애가 생겨나 더 끈끈해지는 인연도 있지만 상처가 다 아물지 않은 이들은 날 보면 자신 인생의 어두웠던 시절이 생각나는지 고마워하는 마음과 별개로 도리어 겸연쩍게 대하는 이도 있다. 나는 또 그 마음을 모를 리 없기에 섭섭한 마음을 애써 누르고 그가 상처를 극복하고 다시 씩씩하게 돌아올 때까지 기다린다.

오늘도 기나긴 한숨, 찌푸려진 미간, 높아진 언성으로 견디는 이들과 함께했다. 이런 날은 침대에 누워 눈을 감고 하늘에 바란다. 내 주변의 모든 이들이 부디 행복하고 평안한 삶을 살기를. 그들을 위해서. 그리고 나를 위해서.

법의 언어에
덜 상처받는 일

미술 애호가가 아니더라도 한 번쯤은 들어봤을 이름, 마크 로스코(Mark Rothko). 별다른 형상 없이 오직 면과 색으로 보는 이로 하여금 압도감과 미묘한 감정을 느끼게 하는 그는 '색면추상'의 대가라 불린다. 그의 작품 앞에 서면 자신도 모르게 눈물이 흐른다는 사람들도 있는데, 우리나라에서도 2015년에 예술의전당 한가람미술관에서 전시가 열린 적이 있다. 그런 마크 로스코가 내가 맡은 사건에서도 언급된 적이 있다.

마크 로스코와 같이 색면추상 작업을 하는 A 작가가 저작권법 위반으로 고소를 당했다며 나를 찾아왔다. 고소한 상대방 역시 색면추상 작업을 하는 작가. 고소의 취지는 A 작가가 자신의 작품을 허락도 없이 베껴 저작권을 침해당했다는 것이었다. 제아무리 문화예술 변호사라고 하더라도 대한민국에서 활동하는 모든 작가를 알 수는 없는 노릇이다. 사건을 계기로 두 작가의 작품을 찾아봤고, 공교롭게도 콘셉트가 유사해도 너무 유사하다는 인상을 받았다. 상황이 이러하니 A 작가를 고소한 것도 이해 못 할 일은 아니었다.

하지만 나의 역할은 둘 사이의 예술성을 견주어 A 작가의 우수성을 인정받자는 게 아니라 '법'의 시각에서 A 작가가 저작권을 침해하지 않았다는 판단을 이끌어내는 것이다. 저작권침해가 되기 위해서는 외관상 유사성만으로는 부족하다. 저작권법에서 보호하는 저작물의 요건을 갖춰야 하는데, 문제는 아이디어나 콘셉트는 저작권으로 보호받는 저작물이 아니라는 점이다.

"법이 무슨 그따위에요?"

예술가들에게 저작권법 강의를 하며 저작물을 설명할 때마다 듣는 반론(때론 항의)이다. 저작권법에서는 아이디어를 누군가 독점하기보다는 널리 사용하도록 해 문화예술의 발전에 도움을 줘야 한다고 보기 때문이다.

저작권법의 법리에서 두 작가의 작품이 유사한 부분은 콘셉트였다. 두 작품 모두 어떠한 조형적 요소도 들어가 있지 않았고, 색선을 일렬로 나열한 작품들이었다. 그리고 자료 조사를 해본 결과 두 작품이 창작되기 훨씬 전부터 이미 비슷한 콘셉트의 작품이 존재하고 있었기에 고소인만의 독창적인 작품이라고 보기도 어려웠다. '그래, 이 점을 주장하면 되겠다'라고 방어 논리를 잡고 변호인 의견서를 열심히 써서 수사기관에 제출했다.

그런데 방어 논리를 구상하는 것보다 더 큰 난관은 수사기관을 설득하는 일이었다. A 작가와 수사기관에 출석해 피고소인 조사를 받던 날, 담당 수사관은 사건 기록을 뒤적거리면서 아무 말 없이 목만 가다듬었다.

"그러니까 지금 고소인 작품과는 콘셉트가 유사할 뿐 저작권으로 보호되는 대상이 아니라는 주장인 거죠?"

'휴, 다행이다. 수사관이 잘 이해하고 있구나' 하고 가슴을 쓸어내리는 찰나, 수사관은 고개를 갸우뚱했다.

"근데 두 작품을 비교해보면 이렇게 유사한데요?"

"아, 그게 색면추상 작품들은 기본적으로 점이나 선, 면, 색으로 표현하기 때문에…."

"근데 이렇게 유사한데요?"

"그게 화풍의 특징이라…."

"색… 색면추상? 그렇다 쳐도 이렇게 비슷할 수 있어요?"

아… 아… 영화 〈닥터 스트레인지〉의 "도르마무, 거래를 하러 왔다"의 무한 루프도 아니고, 수사관은 계속 외관상 유사하지 않냐는 질문만 반복했다. 어찌어찌 조사를 마쳤지만 유리창에 미끄러져 흐르는 빗물처럼 나의 설명이 흡수되지 못하고 그대로 흘러내렸다는 찝찝한 느낌을 지울 수 없어서 사무실에 돌아와 다시 변호인 의견서를 쓰기 시작했다. A 작가는 예술의 언어를 쓰는 사람이고, 수사관은 법의 언어를 쓰는 사람이며, 나는 그들의 언어를 번역해주는 번역가라는 마음으로.

번역서에 각종 주석이 달리듯이 저작권법에 대한 기초 법리를 설명하는 것부터 웬만한 미술이론서 저리 가라 할 정도로 미술의 기본 이론까지 세세하게 설명했는데, 거기서 바로 마크 로스코를 언급했다. 색면추상이라는 화풍을 이해시키기 위해서는 마크 로스코를 예를 들지 않을 수 없었고, 같은 화풍에서는 콘셉트가 유사할 수밖에 없다는 걸 보여주기 위해 바넷 뉴먼(Barnett Newman), 엘즈워스 켈리(Ellsworth Kelly)에 관한 설명과 작품도 덧붙였다.

"변호사님, 저 무혐의 받았어요!"

그로부터 두 달 뒤 검찰에서 불기소처분을 받았다며 A 작가가 신나는 목소리로 전화를 했다. 변호인 의견서 덕분이라고는 장담할 수 없겠지만 적어도 일말의 도움은 되지 않았을까 생각한다.

이와는 반대로 법의 언어를 예술의 언어로 번역해야 되는 상황도 많다. 때론 고소 기간이 지나서 찾아오거나 현행법으로 다룰 수 없는 사건으로 도움을 구하는 예술가들도 있다. 자신의 작업 방식을 따라하는 외국 작가로 골치를 앓던 한 유명 조각가에게 작업 방식 같은 아이디어는 저작권법으로 보호받을 수 없다는 걸 설명한 적도 있었다. 현대미술에서는 아이디어가 전부일 때도 있는데, 자신이 힘들게 고안해낸 아이디어를 모방하는 이를 볼 때 느끼는 분통함과 억울함을 왜 나라고 모르겠나. 마음 같아서는 내가 할 수 있는 모든 법리를 동원해서라도 싸워주고 싶지. 그럴 때 내가 할 수 있는 일은 최대한 그들이 법의 언어에 '덜' 상처받도록 예술의 언어로 살도 붙이고 부드럽게 매만져 설명하는 것이다. 물론 머리로는 끄덕여도 마음속 억울함은 여전히 그들의 그림자처럼 따라다니겠지만.

얼마 전 문화예술 변호사로서의 커리어를 주제로 인터뷰할 일이 있었다. 문화예술 변호사를 스스로 정의하는 단어가 있냐는 질문에 대한 나의 대답은 이랬다.

"제 역할은 통역사에 가깝다고 생각해요. 문화예술계에서 쓰는 용어와 상황을 법원이나 수사기관에 법률적인 언어로 전환해줄 필요가 있거든요. 반대로 판결문이나 소송에서 이루어지는 일들을 문화예술계 의뢰인에게 법률의 언어를 풀어서 설명해야 하는 부분이 있고요. 그러기 위해서는 단순히 법률 지식만 가지고 있는 것만으로는 부족해요. 문화예술 분야의 특수성을 이해해야 하고요. 무엇보다 그들과 정서적 공감대가 형성되어 있어야 해요. 이런 특수성을 고려하지 않고 법으로만 접근하면 양쪽 모두 설득할 수 없어요."

아직 바이링구얼(Bilingual)의 단계에 이르렀다고 자부할 수 없지만 다른 언어 사이에 오해가 없도록, 무엇보다 법의 언어에 덜 상처받도록 오늘도 두 언어를 사용하며 두 세계를 넘나들고 있다.